吉祥寺的朝日奈

[日]中田永一·著

杜星宇·译

台海出版社

◇ 千本櫻文庫 ◇

　　文库，原本是指收纳书物的仓库和书库，也指收纳书与记事簿，以及不常用物品的小箱子。以前者为例，京浜急行线的"金泽文库站"就是以前镰仓时代北条氏用来收藏汉书用的，"金泽文库"名字的由来便是如此。东京都的世田谷区也存在着收集珍贵汉书的"静嘉堂文库"。后者则更多地被称为"手文库"。

　　江户时代以来，可以放入袖袂的小开本书籍逐渐流行起来，被称为"袖珍本"。明治三十六年（1903年），富山房发行了小开本的丛书，起名"袖珍名著文库"。随后，明治四十四年（1911年），讲述战国时代的猿飞佐助和雾隐才藏系列故事的讲谈社"立川文库"发行出版。讲谈是日本民间艺术，以口语化的方式讲述历史故事的形式。而"立川文库"则是将讲谈收录成册集中出版的丛书，据统计，当时刊行量为200册左右。从那时起，文库就脱离了原本的释意，逐渐演变成了现在的类书集丛。

　　文库说法借鉴了日本出版业界的传统说法。而千本樱源自日本奈良县吉野山樱花盛开的奇景，世人皆称"一目千本樱"来形容樱花美景。千本樱文库的纳入作品皆为日系作品，题材包括推理、悬疑、幻想、青春和文化等类型，正如千本樱满山盛开的绝景。

现代日本，以"文库"命名刊行的丛书系列有200种以上，所谓"文库本"只不过是统称而已。日本传统的"文库本"常用的是 A6 尺寸的 148mm×105mm，也叫"A6 判"。千本樱文库的所有书籍将在"文库本"的基础上提升，达到 148mm×210mm 的开本标准。追求还原的前提下，力图带给读者更清晰的阅读体验。

20 世纪 70 年代以来，日系推理小说逐步进入中国读者的视野。日系推理小说能够经久不衰，原因之一在于设立的各种奖项。JUMP 小说大奖是由集英社主办的公募新人文学奖，1991 年《周刊少年 Jump》特别增刊号出版的小说杂志《Jump Novel》是其前身。本名安达宽高的乙一在 1996 年年仅 17 岁时，以《夏天、烟花和我的尸体》获得第 6 届集英社"JUMP 小说·非虚构大奖"，由此出道并一举成名。

2005 年左右，乙一在祥传社出版的恋爱小说选集中开始以"中田永一"的名义执笔创作。中田永一的作品大多温暖治愈，被读者称为"白乙一"风格。本书《吉祥寺的朝日奈》是典型的"白乙一"作品，全书以短篇集的形式，收录了五篇美好中带有遗憾的恋爱故事，结局点到为止，引人无限畅想。希望这股"白色"的温柔之风能在读者心中停留片刻。

千本樱文库编辑部

千本樱文库

本格

《巫女馆的密室》
《圣女的毒杯》
《哲学家的密室》
《衣更月一族》

《美浓牛》
《少年检阅官》
《宛如碧风吹过》

日常

《推理要在早餐时》
《会错意的冬日》
《喜鹊的计谋》

《午夜零点的灰姑娘》
《谷中复古相机店的日常之谜》

科幻

《电子脑叶》
《复写》
《蒸汽歌剧》

《巴比伦》
《里世界郊游》

悬疑

《千年图书馆》
《鲁邦的女儿》
《狂乱连锁》
《神的标价》

《恶意的兔子》
《癌症消失的陷阱》
《沉默的声音》
《死之泉》

轻文芸

《戏言系列》
《忘却侦探系列》
《弹丸论破雾切》
《这个不可以报销》

《天久鹰央的事件病历表》
《吹响吧!上低音号》
《宝石商人理查德的谜鉴定》

吉祥寺的朝日奈

目 录 CONTENTS

开始交换日记了

1

电视上刚刚还在播放哈雷彗星的新闻，我懒洋洋地看了看。说起来，学校科学部的老师也提到过彗星。航天飞机前天意外坠落，科学部老师很消沉，但一说起哈雷彗星就精神了。

明天体育课要踢足球。遥，从你们教室看得见操场吗？

1986.1.30 圭太

我就坐在窗边，所以操场看得很清楚。看到你上体育课了，你穿运动服的样子很好看。

今天电视也介绍了哈雷彗星的照片。就是"扫把星"对吧？一想到在太空里拖出光芒四射的尾巴的它，现在也飞驰在我们头顶，我就豪情满怀。

1986.1.31 和泉遥

今天没能陪你回家，对不起。

好不容易盼来周六，却有东京的亲戚来我家玩，我只能早点回去。爸爸开车带我们一起出去吃了个饭。

你去过东京吗？我家亲戚好像在东京偶遇过好几次艺人。

对了，听说《阿拉蕾》的动画这个月要播完了。我偶尔会看，还觉得挺可惜的。

1986.2.1 圭太

去年，我们一家人去了东京，那里到处都是高楼大厦，吓了我一跳。我们去了东京迪士尼乐园，很好玩，但我妹妹有纪迷路了，闹出了大乱子。顺便告诉你，我妹现在上初二，有很多狂妄的小故事，下次请听我讲讲。

对了，我们班有女生说"将来想在东京生活"。原来还有这种选择啊，我很吃惊。毕竟，我下意识觉得"自己肯定会在一栋电梯楼都没有的小镇度过人生"。

我知道《阿拉蕾》快播完了。但是放心吧，同一位作者漫画改编的《龙珠》就要开播了。我是这部漫画的忠实读者，有好几本漫画书，下次借你，请你一定要看。

今天是节分[1]，我在家撒了豆子。

对了，明天刚好三周了。感觉好快，眨眼就这么久了。你送我去医务室，似乎是很久以前的事。当时头上受的伤现在已经全好了。

1986.2.3 和泉遥

---

1 立春前一天，日本有撒豆驱邪的习俗。——译者注

没想到原来你有妹妹，我很吃惊。这么一说，我们几乎完全不了解对方呢。

恭喜你伤口痊愈。你摔下学校楼梯的身影，至今仍然烙印在我眼底。距那时已经过去三周了吗……

谢谢你借我《龙珠》的漫画。今天跟你聊了才发现，你真的好喜欢漫画。有来有往，下次借你我喜欢的小说，请告诉我感想。

听说周日晚上科学部会召集部员去学校屋顶观测天体。那天是新月，没有月亮干扰，能清楚看见星星，还能看见哈雷彗星。我也会参加，你来吗？

1986.2.4 圭太

回家路上吃的大阪烧真香。再介绍别的店给我吧，我们一起绕道去吃。

我正要读你借我的小说，《世界尽头与冷酷仙境》，好美的标题。这书去年刚出版吧？不过，我很少看漫画之外的书，很担心能不能读到最后。

我很想参加科学部的天体观测活动。不是部员也能去吗？

1986.2.6 和泉遥

我在书上学了些哈雷彗星的知识，写几条给你看看。

人们很久以前就知道这颗彗星的存在。

哈雷彗星大概每七十六年接近地球一次。上次是1910年，人们以为地球即将穿过哈雷彗星的尾巴，全世界一片哗然。

"哈雷彗星尾巴里含有有毒的氰化物""世人会大量死于氰化物中毒"的谣言传得到处都是。

当然，这种事并未发生。彗星气体非常稀薄，氰化物被地球大气阻挡，没有抵达地表。

放学回家路上，我看了点哈雷彗星的书，给九号的天体观测做预习。我也不是科学部的正式部员，所以你参加应该也没问题。

1986.2.7 圭太

我本来不想继续，但还是写了。我有几天没在本子上写日记了？好不容易等来了情人节，我却没准备巧克力，对不起。

天体观测那天晚上之后，我一直在心烦意乱地思考。我这几天躲着你，一察觉到你的气息就倒回走廊逃进女厕所，躲到拐角或灭火器背后。

那晚没有云，能清楚地看到星星。登上教学楼屋顶一看，只有低矮建筑的小镇一直延伸到远方，地面田地很多，像漆黑的海。

黑暗中，那颗星星拖着白色的尾巴，孤独地持续漫长的旅行。

第一个发现那颗彗星的人真厉害。星星那么多，要怎么找到特别的一颗呢？

那晚本来很开心，科学部老师教了我哈雷彗星的知识，我和科学部部员也成了朋友。虽然差点冻僵，但大家一起把炉子搬上屋顶，围着它取暖，都是美好的回忆。

科学部有个高二的女生，对吧。

听其他部员说，她叫铃原。

一头长发，非常漂亮。

如果我没发现你悄悄离开了屋顶；如果我没去找你，而是继续看星星……

我就不会知道你们的关系了。

1986.2.14 和泉遥

我回家打开包，看见了这个本子。遥，是你趁我不在时放的吧。我还想你这几天为什么躲着我，原来是因为铃原万里啊。

我和她的关系，不是你想象的那样。

天体观测那晚，她说想跟我聊聊。我们去了没人的教室，并肩坐在书桌上。只是闲聊而已。

本子我周一放你鞋柜里。虽然原本是想亲手给你，当面解释，但你大概会躲着我。

1986.2.15 圭太

我现在还不敢见你。

那晚我偷看教室时，你和铃原学姐好像在接吻。是我看错了吗？

1986.2.17 和泉遥

我们说话时没开教室的灯，你只能看见我们被星光照亮的轮廓。并肩坐在桌上的人影看似重叠，可能就像在接吻。

1986.2.18 圭太

和泉遥：

我写这封信，是想跟你说明情况。交换日记编织了你们的二人世界，请原谅第三者擅闯。

抱歉，我看了你和圭太（我学你们俩，也叫他圭太）的对话，里面有我不能接受的内容。但那暂时不提，我先说说拿到本子的来龙去脉。

今天，二月十九日星期三早上，我在本该熟睡的时间醒了。我哥敲响我房间的门，大惊失色地把报纸的电视节目表那页递到睡眼惺忪的我面前。上面写着晚上七点播出《阿拉蕾》（终）。今天最后一集了，悲伤的情绪涌上心头，一下子睡意全无。我起得比平时早，就是因为这个。

难得早起，干脆比平时提前一小时去学校好了。这季节清晨又冷又黑，人少的学校却很好玩。我到停车场停好自行车，前往教学楼途中，看见圭太走在前面。

他这个时间就到学校了啊。我心生敬佩。

我想走近吓他一跳。

但他样子很奇怪。

圭太东张西望，好像怕人看见。究竟是怎么回事？我躲在暗处观察。他在高一鞋柜前站定，从包里拿了个东西悄悄塞进去，随即快步走开。究竟放了什么？我离得远，光线又暗，没看出来。

我好奇起来，圭太究竟在干吗？我确认他不会回来后，赶紧检查鞋柜。我们学校的鞋柜，每格都有门，对吧？打开一看，里面有个非常普通的大号笔记本。

总之，我就是这么拿到本子的。

一看内容，我怒火中烧——全是对圭太的怒气。

轮廓重叠，所以看着像接吻。这是在撒谎。遥，你别上当。

我午休时在科学部活动室写这封信。见我一脸凶恶，朋友和后辈都不敢来搭话。

不好，午休要结束了。

我写信是想解释圭太和我的关系，但好像把拿到本子的经过说得太细了。这才刚要进入正题呢……

1986.2.19 铃原万里

圭太，感谢你至今为止的陪伴。

这大概是我最后一次给你写日记了。

今天放学后，铃原学姐来我的教室，我们一起回家了。我走路时没说话，相当于第一次见面的铃原学姐主动说了很多。

不过，她从包里拿出这个本子时，我眼前一黑。日记应该是只有我和你知道的秘密，怎么会在铃原学姐包里？莫名其妙。

途中在公园休息时，铃原学姐说："我本来想写日记告诉你，又觉得还是当面说吧。"

铃原学姐说了天体观测那晚的事，还有她和你的关系。这几天，我对她说的内容有了心理准备。我想相信你，但我做不到。

时间很短，却像发生了奇迹。谢谢你。

1986.2.19 和泉遥

说实话，我早就开始偷看这本日记了，但怕打击我姐就一直没提。我叫和泉有纪，跟遥是姐妹，目前初二在读。

圭太，我现在还不知道你是个什么样的人。我曾让遥姐姐给我看照片，但每次一开口，她就会跟软体动物似的露出"羞羞啦"的搞怪笑容，然后扭来扭去地逃跑。我知道她有生以来第一次交男朋友，甚至在写交换日记，却想不通哪来的怪人会跟她交往，还怀疑这全是她的妄想，日记也是她一人分饰两角写的。不过，偷偷读过日记之后，我感觉你的文字里有她没有的知性，确信有个不是她的人在写日记，终于放心了。

一码归一码，遥那种人居然会这样写文章，恋爱的力量真可怕。为了憋出文章，她总挣扎到深夜。我姐从不读书，或许多亏了漫画，她居然能写出正常人水平的日记，真是吓到我了。

顺便告诉你，在迪士尼乐园迷路的是遥，不是我。她很久以前在日记里写过"妹妹有纪迷路了"，那是她死要面子。当时我十三岁，她十五岁，早过了迷路的年龄，她却见了唐老鸭举着相机就跑远，冲进人群没回来。那只鸭子就那么好吗？真够无语的。我和爸妈找到迷路的遥时，她哭得一塌糊涂。我姐就是这种人。

先不说这些。圭太，我看了你借给遥的小说，《世界尽头与冷酷仙境》，准确地说，是她逼我看的。嗯，很怪吧，你借给遥的书，为什么是我在看？奇了怪了吧。

遥做什么都没恒心，以前干过很多事都半途而废，钢琴、游泳、书法、算盘、魔方、拼图……这次也一样。因为是心上人推荐的书，她一开始干劲十足，但刚看二十页就开始打瞌睡，后来一直在重看漫画《玻璃假面》。

有一天，她一边说"有纪，这本书很好看"，一边塞了那本小说给我，让我看完之后告诉她大概内容和感想。偷看日记的时候，我才知道那本书是你的。

为了找话题跟你聊，遥想看小说又懒得看，于是计划让我帮她看，问出我的感想，在跟你聊天时当自己的感想发表。请原谅我愚蠢的姐姐。

不过，那本小说很有意思，很酷。我姐好像不打算继续跟你交换日记了，到头来，我好像不看也行，但看都看了，就想让你知道感想，否则总感觉白忙一场。因此，我想在我姐早上起床之前把这些写进日记。希望遥给你本子时不会发现我写的这篇文章，她恐怕会撕了这页扔掉。

我不怎么生你的气，毕竟我姐也骗了你。她日记里写的文章都是装腔作势，真实的她更加怠惰、无可救药。

顺便说一句，我和遥睡同一间房。我偷拿了她包里的本子，正在自己书桌上写这篇文章。她的桌子成了置物台，乱七八糟堆满漫画，没法用。现在是早上八点，遥穿着睡衣，还在床上呼呼大睡。是不是该起来了？是不是会迟到？但她最近烦恼得晚上失眠，我还是让她睡吧。虽然有很多傻兮兮的地方，但她仍然是我可爱的姐姐。哪怕那一天遥不可及，我仍然希望她能找到好对象。虽然我觉得，这就像在无数星星里找出特别的那颗一样困难……

1986.2.20 和泉有纪

2

我借了支圆珠笔，但没找到能当便笺的东西，只好草草写在这里。

这本子是我儿子前天捡到的。

地点在银杏林荫道附近。

听他说，搬家公司的车从他眼前经过。

卡车碾到石头，咔嗒一晃，本子就从货架的行李中飞出来，掉到了路边。卡车司机并没有察觉，直接开走了，我儿子就捡了回来。

以上是事情经过。

1990.11.15 久米田良子

巡警把这个本子送到我们家来啦。

一开始，我还以为你们在东京干了坏事。毕竟，巡警站在家门口，一边报你们名字，一边问："这两位在家吗？"

听说一位姓久米田的女士把本子交给岗亭，巡警查了名册，估计是我们家的东西，专程送了过来。

遥，对不起，妈妈看了日记。你大概很害羞，但是忍忍吧。不过，写的大部分东西，我几年前就听有纪说过了，你倒也用不着不好意思。

说起来，这本子好像是从搬家公司车里掉出来的，但你们搬出这个小镇，已经半年多了吧？

我猜，说不定圭太一直留着本子，最近搬家时弄丢了。我们家不是有好几年不能提他吗？妈妈不知道他是几年级几班的学生，不知道他住哪儿，你坚决不说，我也不知道他姓什么。为什么只有他不写姓，光写名字？

算啦。总之，我把本子寄给你们。

跨年回家不？你们爸爸很寂寞，一定要回来啊。有纪，习惯大学生活了吗？妈妈想象不出东京的生活是什么样，希望你过得开心。上个月开始播一部叫《冷暖人间》的电视剧，妈妈可喜欢了。

啊，刚才忘写了。本子没给爸爸看，就当这是我们女人之间的秘密吧。

1990.11.25 妈妈

姐姐：

我刚收到妈寄来的纸箱，打开一看，里面是罐头、方便面之类的食物。这些东京也有卖啊！我边想边翻箱子，在箱底找到了这个本子。

我忍不住叫出了声，希望邻居没听到。实在太怀念了，这个本子，不就是那个本子吗？

虽然时间很短，但你也交过男朋友呢。那是不是你的人生巅峰？已经是四年前的事啦。

我今晚要去酒会，会晚点回来。虽说我还是未成年人，不能喝酒。今天不能像平时那样给你做饭了，不过妈妈寄的方便面立刻就派上用场啦。

1990.11.29 和泉有纪

妹妹：

我看了四年前的文章，羞得鸡皮疙瘩直冒，坐也不是站也不是。

我和圭太的交换日记怎么有那么多人参与？二人世界全乱套了。

妈说得对，这本子肯定一直在圭太手里。他大概收在壁橱里，忘了它的存在。

有纪，我才知道你趁我睡觉擅自写了日记。居然把我瞒着他的那些事都说出去了，你真过分。

不过，我现在没法理直气壮地批评你。我这种废人要给别人提意见，实在惶恐至极。不上大学也不找工作，打个工半天就辞职，乱花老家给的生活费，伊势丹的纸袋莫名其妙变多——我这种人要交男朋友，还早了一千年呢。对了，我上周辞了书店的工作，现在在便当店打工。

你忙着学习、参加社团活动，耀眼极了。姐姐根本不能直视和大学朋友去京都短期旅行的你。毕竟，你姐最近的聊天对象，也就只有便当里那个绿色的塑料玩意儿[1]了。

你收留脏兮兮的姐姐在明大前的公寓吃白饭，我不可能责备善良的你。我要当一个不回首过去的女人。这几天就把本子处理掉吧。

我边看录在带子里的《TAMORI俱乐部》边等你回家，等困了就先睡了。听完TAMORI叔叔讲的铁路故事之后，你姐满怀柔情。晚安。

1990.11.29 和泉遥

好久没一起吃早饭啦。天气很好，暂时也没事做，就写东西打发打发时间吧。

1　用来隔开不同菜品的人造塑料树叶。——译者注

就像今早顶着刚睡醒的脸聊过的那样，这个羞人的本子大概还是处理了好。处理之前就当留言本用吧，空白页不用也是浪费，今后得更注重环保。

在老家无所事事当"家里蹲"的你突发奇想来了东京，我很高兴。盂兰盆节我回家时，你不是问了我个问题吗？"在东京遇见过艺人吗？"我回答"在路上见过UNICORN的奥田民生"时，你两眼立刻亮得异常。事到如今我才想到，你可能就是当时倾心于"在东京生活"这个选项的。

对不起，我骗了你。民生哪可能随处乱走啊。

希望你这次加把劲，把便当店的工作做下去。存钱买台超级任天堂[1]吧。

你总说没有朋友，没人聊天，但这是因为你总在屋里看漫画。

录像机的定时录像预约能不能删一个？机子都显示"预约已满"不能新增了。你少看点深夜节目怎么样？

滑雪社团的学长给了我迪士尼乐园的双人票，下次一起去吧。你已经二十岁了，别再追着唐老鸭迷路了。

1990.12.2 和泉有纪

今天在电车里遇到了色狼，想赶快跟有纪抱怨。一个人待在屋里

1　Super Famicom，任天堂公司开发的家用游戏机，于1990年11月21日在日本开售。——译者注

很寂寞，写点东西转移注意力。

今天坐电车时，我迷迷糊糊想到一件事。

我要当漫画家。

当漫画家就能在家里工作，不用出门，也就不会遇见色狼。而且，漫画是我唯一的爱好，就算其他工作会半途而废，漫画也应该能坚持下去。

说起来，小学那会儿经常和有纪画少女漫画的涂鸦玩。眼睛里画了好多星星呢。

1990.12.7 和泉遥

朋友突然叫我出去，我晚上才能回来。

冰箱里有炒乌冬，你晚上吃。

哈根达斯是我的，敢吃就杀了你。

之前的照片，我洗出来啦。

你和高飞的合影拍得很好。

你俩的表情都像在犯困，一模一样。

1990.12.17 和泉有纪

现在其实是上班时间，但我正在新宿的咖啡店里往本子上写东西。

有纪，我昨晚有件事没告诉你。我辞了便当店的工作。干什么都无法长久，我要讨厌自己了。

我也不知道为什么辞职。工作没什么问题，前天还一切正常，但昨天一睁眼就突然不想去了。全身心都在拒绝去上班。我有种强烈的感觉，觉得逼自己去就会发生不祥之事。我会再找新的零工，可我心中充满不安。

我不禁思考，如果我一辈子都这样怎么办？有纪早晚会结婚吧？大概比我早得多。不知我到时留在东京还是回了老家，但应该没找到固定工作，聊天对象只有老家爸妈。我在想，自己是不是成了老阿姨还要靠打零工维持生计，一直那样活下去？

待在家里就会东想西想，想得几乎发疯，于是我上街了。不管什么时候来，新宿总是人很多。以前，我想都没想过自己会走在新宿街上，总觉得这是电视里的世界。

我现在已经没事了，打算看个电影再回家。还得喂猫呢。有纪，如果你结婚，只剩我自己了，我要不要养那只野猫？

有纪，一直以来，谢谢你了。我只会给你添麻烦，对不起。我只会说无聊的话，对不起。我也想变强。

1990.12.20 和泉遥

3

我昨天辞职了。

　　五个男人关在肮脏楼房的一间屋子里，不停地编程序——这就是我的工作。我连做三天没睡觉，一边打字一边对着界面吐了。我边道歉边打扫，却没一个同事看我，他们没工夫理别人。

　　有空回家那天，我在便利店买了便当。最近只吃过武藏小杉的罗森里卖的东西。我站在桥上，看着小河映出路灯影子的黑暗水面，想着自己死后这个世界会变成什么样。我想什么都不会变，只有人力派遣公司会派人代替我，其他事肯定都会一成不变地继续。

　　我们编的是产品内置程序，而这个产品大概三年就会被淘汰。我感觉不到通宵工作到吐的意义。

　　听说很多同行自杀了。他们肯定没发现还能选择辞职，就直接对一无所获的人生失去了耐性。和泉遥曾在日记中提到的抵触上班的情绪，会不会就是这些同行所需要的东西呢？

1993.7.5 山田康志

　　书店最近在卖《哈雷彗星》这本小说。它是作者的出道作，是部以东北地区校园为舞台的恋爱小说。我买了，正在看。

　　在书店看见书名时，我想起了和泉遥和圭太。作者是不是她或者他？我带着如此想象查了作者简历，但好像猜错了。

　　和泉遥最后一次写文章是三年前的十二月，圣诞节前夕。那时，室外的行人应该呼着白气，商场大屏被圣诞装饰装点得热热闹闹。

　　不知她们姐妹俩是否还在东京某处生活。如果还在，和泉遥应该二十三岁，和泉有纪应该二十一岁了。

1993.7.10 山田康志

"空白页不用也是浪费。"和泉有纪写道。确实，这个本子前半部分写满了字，后半部分却还很干净。所以，现在由我继续写。

不过，写给谁？

圭太写给和泉遥，她回信给他。铃原万里写给和泉遥，久米田良子写给岗亭巡警。但我没有交换日记的对象。

而且，我没什么要写的。辞了职虽然神清气爽，但每次提着装便当的便利店袋子看夕阳，我都会担心未来，心生迷茫。

1993.7.13 山田康志

写写找到这个本子的经过。

我在老家找圆珠笔，结果找到本眼生的相簿，是店里洗照片送的那种薄纸相簿。里面夹着年轻女性的照片，不是生前的妈妈，是陌生女性。相纸很新，从服装发型也看得出是最近的照片，总共二十张左右，一半以上是在迪士尼乐园拍的。

我让我爸看照片，问他哪来的。

"自由市场买的。"

自由市场每年都开，但我从没去过。市场不仅卖旧衣服、旧唱片之类的普通商品，还卖不知录了什么的大堆录像带和大概在昭和初期陌生家庭拍的黑白照片。

我爸路过时，一个沾满沙尘的帆布手提包正摆在蓝色垫子上出售。包里有大号笔记本、文具盒跟纸制相簿，一共卖五千日元。这故事像编的，但我爸花五千日元买了这套东西。

手提包和里面的东西还留着。文具盒里塞着没怎么用过的自动铅笔、橡皮擦和圆珠笔，大号笔记本里写着交换日记。

这个本子好像经过很多人的手，但很遗憾，这里肯定是死胡同终点。还是说，我要跟我爸交换日记？

1993.7.15 山田康志

纸制相簿的照片里，有张二十岁左右的女性和高飞的合影。她肩上挎着白色的帆布包。

和泉有纪写过"你和高飞的合影拍得很好"，照片上的人一定是和泉遥。

不过，和泉遥的东西怎么被卖了？

我一开始想，她可能在哪儿被偷了包。被盗的手提包和里面的东西一起转手，最后落到自由市场店主手里，成了商品。

或者说，这全是自由市场店主编造的谎言？

让陌生女孩背着商品包拍照，创作点儿煞有介事的日记写进大号笔记本，把用旧了的铅笔放进文具盒，全部打包出售。和泉遥跟和泉有纪其实并不存在。

但这是为了什么？

结果还是不知道细节。

有几张三花猫的照片。没有项圈，应该是野猫。既然是三花猫，肯定是母的。

1993.7.18 山田康志

如今我辞了职，能自由支配时间了。早上迷迷糊糊地看了电视上的 *Ugo Ugo Ruga*。最近必须着手找新工作，但有几件事我想先做了。看买来从未读过的小说，和我爸出去吃饭，把本子和照片还给和泉姐妹。

我曾经觉得，这个本子会在我手里停下，然而，看着和泉遥的照片，我涌出了把手提包这套东西还给她的念头。

说得积极点，我想确认她是否存在。只要能确信本子和照片不是自由市场店主的创作，我就满足了。

但我害怕的是——她们其实根本不存在。

读者（我）不可能接受这种结果。

辞职前几周，我经常重看大号笔记本里写的文章。

我也想变强。

如果有个女性这样写过，我感觉自己也会变得积极向上。渐渐地，我产生了辞职进而迈步向前的想法。另外，我大概喜欢和泉遥。不是恋爱感情，更接近人类大爱。她似乎是个不逊于我的废人，亲切感油然而生。

　　本子里有文章中出现过一次"明大前"这个地名。如果这是在她们实际存在的前提下写的，至少三年前，也就是1991年的时候，和泉姐妹肯定住在京王井之头线明大前站旁边。

1993.7.19 山田康志

　　我去了明大前站，在涩谷换乘，半小时左右就能到。

　　我站在车站门口，大概看了一小时行人。

　　和泉姐妹没有偶然经过。

　　虽说我每天都没事干，但如果专门跑去车站，在别人眼里应该很恶心。

　　我看着野猫的照片，好像是在附近街角拍的。背景要是有街道名和写着门牌号的电线杆就简单了，但连店铺招牌都没有的地点可没法查清楚。

1993.7.21 山田康志

　　最近，我快放弃把本子和照片还给和泉姐妹的想法了。或许，我不该追查在本子里写文章的人是否真实存在。

1993.7.25 山田康志

　　我每天会想起好几次在本子里写东西的人。见都没见过却会想，真奇怪。

是不是因为我过着好几天都见不到人的生活？因为不怎么喜欢说话，便利店店员问我"便当要加热吗"时，我都没法好好回答。料到有此一手，我最近只买饭团和三明治之类不用加热的东西。

1993.8.3 山田康志

昨晚看了小说《哈雷彗星》，买来很久一直丢一边没看，结果突然想起来了。

小说高潮部分发生在夜晚的高中教学楼。主角少女参加了在屋顶举办的哈雷彗星观察活动，却跟喜欢的少年吵了架，从此，两人的人生再无交集。小说就这样结束了。

跟和泉遥与圭太的故事一模一样。

相似点还不止于此。

主角少女在和少年交换日记。

少女借了漫画给少年。

少女想读借来的小说，但中途就放弃了。

写《哈雷彗星》的作家叫盐川芳雄。为了了解他，我给久未联络的大学学弟打了个电话。学弟很熟悉小说和出版界。他告诉我，现在书店正在卖登了盐川芳雄访谈的杂志，访谈里有他的正面照片。

我去书店看了杂志，确实有盐川芳雄的照片。他是个四十多岁的瘦削男性，因此，我认为他不可能是日记里登场的圭太。看作者简历里写的出生年月日，他当时不可能十几岁，但……

"小说里有一点我的真实经历。"

盐川芳雄在采访时说。

1993.8.10 山田康志

我误会了。

我打算给盐川芳雄写封信。寄给出版社能不能送到他手里？我没什么信心。

运气好的话，他说不定会回信。

1993.8.13 山田康志

4

遥：

好久不见，你过得好吗？我一边祈求这个本子能回到你手里，一边写着这篇文章。

已经七年了。

记忆里仍然残留着当时的光景。身穿校服、手提书包的你走在落雪中。教学楼一角晦暗的隐蔽处，我们瑟瑟发抖，避人耳目地交换本子。窗口阳光灿烂，对面传来学生欢闹的声音。那条走廊的空气，楼梯平台的气味，一切都宛如昨日。

　　银杏叶变黄的季节，我换了住所。久米田女士写的应该是事实，这个本子滑出行李，掉在了路上。在新房间开包行李时，我没找到它。

　　我有事想告诉你，是跟科学部师生一起看哈雷彗星那天晚上的事。

　　为了聊天，我和铃原万里离开屋顶，肩并肩坐在教室书桌上。你目击了我们，觉得我们在接吻。

　　遥，你最后给我本子的那天，我看了你的文章，其实是想反驳你的。不过，我已经决定不再跟你说话了。

　　这是跟你断绝关系的好机会。你一开始跟我告白时，我就该拒绝……我没反驳就断绝了我们的关系，是因为考虑到我们是师生。不是因为铃原万里说的是真话哦。

　　那天晚上，我跟铃原万里只是闲聊。她撒了谎，想让我们分手。我不明白她的心理，或许她在嫉妒。事到如今，也不知你会不会相信我……

　　我的话能再次传到你眼前，我很高兴。我想谢谢山田。不久前，我在体育老师工作之余写的小说得了新人奖，书名叫《哈雷彗星》，我的笔名叫盐川芳雄。山田读了出版后的书，好像发现了我的身份，通过出版社来了封信，信里写到了这个本子和你。

　　跟山田取得联系，实际见面之前，我一度怀疑这是诈骗。然而，他在神保町咖啡店里拿出的大号笔记本，我确实见过。

　　你们还住在东京明大前站周边吗？虽然是三年前的记述，但多少也算近况。我很高兴能知道。

我请山田把本子借我一晚。我明天还会在神保町跟他见面。听说和泉遥是真实存在的人，他松了口气呢。

我应该再也没有机会碰触这本笔记了。站在人生这段漫长的时间里放眼观察，无论是和你交往的时间，还是在这个本子里写文章的时间，都只是白驹过隙的一瞬。不过，重读日记，往日便会重现。永别了，和泉遥。

1993.9.12 圭太

从前写文章时，我从没想过要给谁看。有别于本子里写东西的其他人，只有我的文章没有写给别人，是单纯的日记，是独自完结，不连接任何人的琐事杂记。同样，也没有任何人给山田康志写文章。

不过，我终于能放手了，这个本子也该回到真正的主人身边了，总觉得有些寂寞。

最后，让我写一句不会独自完结的话吧，就一句。

明天开始，我打算努力找工作。

所以，你也要加油，和泉遥。

1993.9.15 山田康志

你们俩过得好吗？

没得热伤风吧？

之前扫墓时，遥狠狠摔了一跤，摔出的淤青好了吗？

有纪下次要和朋友去冲绳？

冲绳到了十月还能游泳吗？

当心波布水母哦！

妈妈也想找个地方旅游。

突然收到包裹，你们很吃惊吧？

之前，遥的学校给家里打了个电话。

问我："87届毕业生和泉遥在家吗？"

说是有东西寄给遥，我就去取了。

我见过箱子里的手提袋，知道那确实是遥的东西。

袋子里是这个本子，吓了我一跳。

我好几年前写的文章还在上面呢。

包裹里还有山田康志给学校的信。

写着不知道家里地址，希望学校转交。

信也在袋子里，我仔细看了。

对了，还有件要紧事。

寄给学校的包裹上，贴着山田写的快递单。

上面有他的地址和电话，我就没扔。

可能得写信谢谢人家。

话说回来，我还不知道遥喜欢年龄大的人。

我没告诉爸爸，你放心。

你们下次要过年才回来了吧。

等你们回家。

1993.10.1 妈妈

姐姐：

妈寄了包裹来。

总之，你看看箱子里的东西吧。

这不是你几年前在电车里被偷走的包吗？

我一想起那天的事就不爽。

你哭着打电话来，我还以为出什么事了。

钱包好像没找到。

肯定是小偷拿走了。

我看了日记，觉得自由市场店主很可疑。

他可能就是小偷。

我该出门了。

明明还有很多东西想写。

等我回家再说吧。

1993.10.5 和泉有纪

5

你好。

我是和泉遥。

我过得很好。

最近每天都很热。

你那边怎么样？

找到新工作了吗？

对了，你说你看了猫的照片。

"好像是在附近街角拍的野猫照片。"你是这么写的。

那是我拍的。

它常在公寓旁边走动。

是只毛发蓬松的三花猫。

我捏碎鱼肉香肠喂过它。

喂着喂着，我们熟悉了，它就会用额头蹭我手心了。

不过大约在一年前，它不见了。

说不定在哪儿被车撞了。

说不定找到了饲主。

我相信是后者。

1993.10.7 和泉遥

我是和泉遥。

兴趣是边泡澡边看漫画。

大家以为这样做会打湿纸，但想不到吧，其实没问题。

圭太成了作家，我吓了一跳。

他是体育老师，但很喜欢小说。

而且很受女学生欢迎。

顺便一说，我直接叫"圭太"，是因为他不准我写"老师"。

为了不让读到日记的人看出师生关系，我们必须这样。

他没写姓氏，也是因为不想暴露自己是教体育的小柳圭太老师。

当时，学校里大概有五个叫圭太的学生。

藏住姓氏，真实身份就不那么容易暴露了吧？这是我们小小的愿望。

但铃原万里似乎立刻就发现了。

我也打算买本《哈雷彗星》来看看。

毕竟已经长大成人，区区小说而已，我能读完。

话说回来，这标题还真无聊……

圭太和铃原万里的事，好像是我误会了。

我对不起他。

我觉得不相信圭太的自己是个坏家伙。

当时这件事让我很伤心，现在却觉得事不关己。

毕竟时光已逝。

1993.10.8 和泉遥

我今天上了素描课。

从小就喜欢画画的我，还曾在本子上涂鸦玩儿。

这是我第一次正式学画画。

我暗地里还在继续练习画漫画。

不过，参加新人奖的作品连预选都没通过。

给妹妹看了，评价也不好。

看来是时候放弃了。

放弃吧放弃吧，再坚持下去也没用。夜里躺在床上时，我经常这样想。

我这种人，肯定什么都做不到。

虽然我这样想过。

但我会再坚持一下。

1993.10.9 和泉遥

我妹三天前跟朋友去冲绳了。

但跟她一起去的大概不是朋友。

是男生。

她怕伤害我，所以说是跟朋友去。

我假装没发现。

我妹是个很优秀的人。

聪明，性格好，受欢迎。

会用好几种我不知道名字的外国调料做饭。

完美超人就在我身边。

我还以为，只有《筋肉人》的世界里才有完美超人。

我妹也好，出道当作家的人也罢，我身边全是强者。

可我很平凡。

继续活着，会有什么好事吗？

1993.10.10 和泉遥

出大事了。

我从头说起。

这几天，我一直在看快递单。

是你往我母校寄东西时填的单子。

上面有你家的地址和电话。

有了这些，随时都能往你家寄感谢信。

也能直接打电话道谢。

于是，我制订了一个计划。

不写信，把这个本子寄过去怎么样？

看见我这几天写给你的文章，你肯定很吃惊。

我觉得这是个好主意。

我打算明天就把它装进大信封，投进邮筒。

然而，悲剧发生了。

今天白天开着窗户搞卫生时，一阵调皮的风卷起快递单，把它带到了外面。

它和几张稿纸一起，被吹出了阳台。

我赶紧伸手去抓，却没抓到。

我下了楼，在公寓背后的草丛和电线杆后面找了找。

没找到快递单。

它好像飞远了。

我真是讨厌自己。

如果把你的地址写在别的纸上就没事了……

已经没法寄本子到你家了。

也不能打电话。

我正在外面到处找，妹妹就拖着大旅行箱从冲绳回来了。

我说明了情况。

她也不用骂得那么凶吧……

如此这般，我郁闷了很久，但现在已经冷静了。

因为找到了解决方法。

1993.10.11 和泉遥

我鼓起勇气去了便利店。

这家便利店开在距我们家有半小时左右电车车程的地方。

我看着地图又走了大概十分钟，终于到了。

是家随处可见的普通罗森。

从武藏小杉站走一会儿就能到，非常普通的罗森。

我在店里走了一圈，在杂志角站着看了会儿书。

自动门一开，我就用正在读的杂志挡住脸，观察进来的人。

我旁边有个男性客人在站着看杂志。

想到他可能就是你，我很紧张。

你还在这家店买东西吗？

还每天在这儿买饭团和三明治吗？

我们今天在店里擦肩而过了吗？

你看过照片，知道我的长相。如果我没用杂志挡脸，你可能已经认出我了。

对了，我和妹妹还住在明大前。

谢谢你专门来明大前站。

东京真的有很多人啊。

我二十岁出头来到这座城市，挤进了妹妹的房间。

人这么多，总找不到要找的人也没办法。

这座城市的人多如繁星，找出其中特别的一个，肯定等同奇迹。

没法保证我一定能见到你。

你可能换工作搬走了，再也不会去那家罗森。

但哪怕只是一时的努力，我也想试试。

我没了你的地址，只能想到这种方法给你本子。

最近，除了我妹之外，我只跟橡皮屑说过话，很担心能不能好好向你道谢。

今天先睡了。

明天开始，我得去打工。

得在武藏小杉的罗森穿起围裙，敲打收银机、加热便当。

如果认出我了，请跟我说话。

为了给你看，我写下了这篇文章。

1993.10.12 和泉遥

涂鸦大冒险

1

我掏出兜里的油性笔，用食指和拇指捏住，变换角度观看。斑马公司的产品，两端带盖，一端是粗头，另一端是细头，轴径约二十二毫米，全长约一百四十一毫米，产品名"McKee"，应该每个人都用过一次。毡制笔尖吸满了墨汁，有这一支，粗线细线都随心所欲。

这是上次春假回老家时的事。我在壁橱里翻找初中买的旧CD，翻了一会儿，柜子深处出现了个小背包。我不由得屏住呼吸。一翻包，油性笔就混在手电筒和创可贴里冒了出来。我打开笔盖，想看看还能不能写。本来要找的CD变得无足轻重。

我回到独居的公寓，满脑子都是初中同学远山真之介。我一边眺望在屋里就能看见的樱花，一边把油性笔的笔盖开了关关了开。时间流逝，我终于下定决心。

在自己的房间紧握住手机，确认远山的号码还在之后，我松了口气。自打八年前拿到手机号，我从没给他打过电话，他也从没给我打过。深呼吸之后，我拨了远山的手机号，拨号音足足响了一分钟左右，有人接了，是个男声。

"喂?"

"啊，我是樱井，樱井千春。你是远山吗？"

"欸？"

犹豫的语气令我心生不安。

"你是远山吧？"

"不，不是。我叫池田……"

"……"

八年过去，他好像已经换号了。

远山真之介，我们初二同班，在一个秋天的夜晚交换了手机号。我记得，我们口述自己的号码，打字存进了手机。

透过窗户，可以看见蓝天和公寓旁的樱花树。他现在在做什么？如果跟我一样是大学生，中途没出岔子，应该大四了。

"喂，是大和田吗？"

有了刚才池田的例子，我说话小心翼翼。

"我是大和田，你是……千春？"

大和田百合子是我初中结识的朋友，八年前的同班同学。通话期间，我偶尔能听见婴儿的声音，是她的孩子。

"对了，你的伞找到了吗？"

"完全没消息，没人联系我。"

"那你可能该死心喽。"

"可我很喜欢那把伞啊。"

"你前阵子怎么办的？东京不是下大雨了吗？"

"用的塑料伞，捡来的。"

"千春，这就是你不受欢迎的原因啊。"

我想起了大学的朋友。

大学校园里，俊男靓女结成"伴侣"，在晴空下阔步，在长凳上落座，交谈时紧贴彼此，直到人体边缘暧昧不清。我不想进入他们的视野，总在角落暗处蹑手蹑脚。

"别说这个了，我有事问你。"我改变话题。

"什么事？"

"我们十四岁时同班对吧？你还记得吗？"

"十四岁，初二？"

"御手洗老师当班主任的时候。"

"啊，出怪事的时候？"

"对对对。"

"当时怎么了？"

"班上有个远山对吧？"

"远山？"

"远山真之介。"

大和田百合子在电话那头思考片刻。

"不知道，想不起来。"

同学肯定大都不记得他。

"初中毕业纪念册呢？上面不是有所有人的地址和联系方式吗？"

"没有远山的。"

"为什么？"

"他初三暑假搬走了。"

"你知道得真多。他真的存在吗？"

她身后传来了婴儿撒娇的声音。

手机联系不上，大和田又对此没有印象，毕业纪念册也没这个人。

远山的存在，是我捏造的记忆吗？

"你问问小笠原吧，他跟谁关系都好，说不定记得你说的那人。我知道他手机号。"

我结束了跟大和田百合子的通话。

暖风吹进一直敞开的窗户，吹动了书桌上没写完的报告。纸上压着笔筒，不会吹散。一瓣樱花随风飘进窗户，旋转着落向地板。

对了，初中也有行道樱花树。那所学校偏差值[1]和规模都在平均水准，白色教学楼四四方方的，车站到正门是条徒步距离十分钟的散步道，道路两侧是高耸入云的大树。

远山真之介——这个男生是不是不存在？虽然大和田百合子说他不存在，但这不可能。我还是心生疑虑，不信邪地打开电脑上网搜了搜他的名字。搜索结果为空。

但我记得他。他总是不知在想些什么，情绪波动鲜少外露，瘦弱

---

1 是指相对平均值的偏差数值，是日本人对于学生智能、学力的一项计算公式值。——译者注

驼背，总爱低着头，没多少人注意他。

我拈起地板上的花瓣，伸手探向窗外，让它乘风而去。

***

十四岁那年秋天，雨后初晴的夜晚，我溜出家门，骑自行车前往学校。我背着背包，上下装都是黑色，希望这样就能混进暗夜，不被发现。

那天半夜潜进学校，在不良少年桌上用油性笔涂鸦，是放学后在职员室和班主任御手洗老师说话时的突发奇想。我不记得当初为何会去职员室，但我觉得肯定是去交忘记交的资料。

御手洗老师看着窗户，喃喃道"一周了"。雨从早晨下到现在。一周——自从森亮因桌子被涂鸦而休学，已经过了这么多天。

"森亮同学的妈妈来过电话，说他今天会去乡下的奶奶家住两天。我也和森亮同学在电话上聊了几句，他说妈妈在辅导他功课。"

一想到欺负森亮的不良少年，岩浆般沸腾的情绪就在我胸口内侧翻滚。小学时曾被同班同学孤立，上课还被他们扔过碎橡皮擦的记忆随之复苏。

离开职员室时，我想了想。

今晚在不良少年桌上涂鸦吧。

以牙还牙，把森亮的遭遇原样奉还。

这个计划如果平时执行，别人可能会认为在不良少年桌上涂鸦的是森亮，因为他有强烈的复仇动机。但如果今晚执行，嫌疑就落不到森亮头上，毕竟他和父母一起去了乡下。就算有人心生怀疑，追究此事，这桩事实也能保护森亮的清白。

好处还有一个。这事如果传到他耳朵里，他就知道班上有人为他付出了行动，而我可能会因此成为他的心灵支柱。

放学路上，我去文具店买了黑色油性笔，斑马公司的"McKee"。付款后，店员贴上了表示已购买的胶带。黄色胶带印有文具店店名，是那种不论过多久都不会掉的胶带。看到我这种习惯，同班的大和田百合子说我"没品位"。

2

我在新宿下了电车，穿过商场时，看见雨伞卖场有把好伞——一把通体纤细的白伞。

在收银台结账时，我扫视店内卖场，发现这里也有很多"伴侣"。看那边是"伴侣"，看这边还是"伴侣"。所谓"伴侣"，即是"雌雄一组的动物"。

我回到公寓，在狭窄的房间撑开伞，倍觉憋屈地看着它。撑都撑开了，我想"就这么待一会儿吧"，于是把打开的伞放在地上，拿起了手机。

"真稀奇，樱井，你居然会给我打电话。"小笠原宣夫说。

何止稀奇，我是第一次打电话给他。简洁说明是大和田百合子向我提供的手机号后，又请他告诉我远山真之介的联系方式。

"远山真之介？"

"对，初二的同班同学。你还记得吗？"

"有这个人吗？"

电话那头传来"嗯——"的思索声，他好像也不记得远山了，何等可怕的稀薄存在感。我暗自气馁，就在这时——

"啊！有了！我想起来了！是他吧，数学考满分那个！"

"对！"

"那个星野出的期末考题——"

"他居然考了满分一百分！"

星野是我们当时的数学老师，以考试爱出难题闻名。他性格恶劣至极，会满不在乎地贬低答不出问题的学生，据说还当着众人的面训哭过女生。我完全不明白他出的题是什么意思，因为太莫名其妙，就讨厌起数学这玩意儿了。听到数学就想起那个星野老师，瞬间心情沉闷，食欲尽失。真该考虑出本星野式减肥书。我们本以为谁都会对星野出的试题一头雾水，可同级生中却有位独一无二的高手能将其全部化解，他就是远山真之介。

"但那只是传言。"

实际上，没人看过远山的满分答卷。

"考了满分，大家马上就知道了。要是我，绝对当场向所有人炫耀。"

"那是你。"

换作远山，大概拿到满分答卷也会面不改色，若无其事地叠好收进书包。我擅自进行了如此想象。

"我隐约记得远山，但不知道怎么联系他啊。"

"我猜也是。"

"话说回来，你要他手机号干吗？"

"想问他点事。"

"嗯。我想想可能有谁认识他，想到了打给你……对了，说到初二……"

他压低声音，和刚才截然不同。

"难道是涂鸦事件那年？"

"对，就是那年。"

我们班有个学生叫森亮，教室里还有远山真之介、大和田百合子、小笠原宣夫等人，大家都是初二学生。十月中旬的一个早上，森亮的课桌惨不忍睹。他常被班上的不良少年欺负，课桌明显是那些欺凌行为的延伸。

涂鸦内容是小学生也能想到的简单词语。课桌桌面满是油性笔粗头写的一句话，空白处又用细头写了别的话。

还有白色跟黄色的粉笔灰。大概是用黑板擦反复拍出来的。大量粉笔灰盖得桌面不见原形，甚至地上也落了灰。

不，不是先"涂鸦"后"粉笔灰"，而是先洒"粉笔灰"再"涂鸦"。为什么？因为涂鸦在粉笔灰上。肇事者好像没想过擦擦桌子再涂鸦。

那天之后，我再没在学校里见过森亮。他初二休学，等我们升到初三，又听说他退学了。不知他如今身处何处，又在做着什么。

当时，我积压在身体中的情绪犹如沸腾的岩浆。因为小学时曾被逼有过类似经历，我对森亮的不安和愤怒感同身受，对他上学看见课桌时体会的世间恶意、绝望和巨大不安了如指掌。但我无能为力。我明知涂鸦的是总欺负森亮的不良少年，却没法抗议。为了不再遭受欺凌，我忍气吞声地活着已经竭尽全力。

不过，令昔日同窗记忆犹新、至今仍盘踞心中的涂鸦事件，并非森亮课桌上的涂鸦。他们说的是一周后发生的第二起事件。

第二起涂鸦事件规模庞大，全班同学都是受害者。我的课桌、远山真之介的课桌、大和田百合子的课桌、小笠原宣夫的课桌……全被油性笔涂了鸦。

"当时，全班的课桌都成了目标……"

小笠原隔着电话说。

"肇事者其实是全班同学——假如真相如此，该多好啊。如果大家各自在自己桌上涂鸦，我们班可够酷的。"

"是啊。"

我们没能保护被不良少年欺负的森亮，恐怕全班同学都问心有愧。假如每个人都在自己桌上涂鸦，就像全班都在给森亮道歉，痛快淋漓。假如真是如此，他肯定得到了救赎。这且不论，小笠原宣夫说在森亮课桌上涂鸦的人和在全班课桌上涂鸦的人并不相同，实在敏锐。毕竟，我和远山才是实施第二起涂鸦事件的当事人。

***

夜深人静，家人熟睡，我偷偷溜出家门。

雨不知何时停了，四周飘满湿润的空气。十月，夜晚微寒。车站通向学校的散步道上，星星点点的路灯照亮了正在变色的树叶，在淋湿的路面反射出光芒。由于这条路允许自行车通行，因此我毫不客气地骑了过去。我踩着脚蹬，给车灯供电的发电机因此嗡嗡直响。空中还铺着雨云，不见星星也不见月亮，黑得像用油性笔涂过。

而我完全没料到。

除我之外，居然还有人在想同一件事。

"樱井？"

黑暗中有人叫我，我吓得一缩。当时，我刚在环绕初中校园的树篱边停好自行车，正要开始潜入。回头定睛一看，一个同班男生站在那里。

我认识他的脸，但想不起名字。

"远山，跟你同班的。"

他心不在焉地杵在路灯下，高挑的身板微微弓起。那晚之前，我从没跟他说过话，觉得他是个若有似无、捉摸不透的男生。在他眼中，我是不是也这样？

"远山？你在干什么？"

"刚好路过。"

"我也是。"

"都这时候了。"

"你不也一样？都这时候了还过来。"

沉默的时间在我们之间流淌。学校树篱沿着笔直道路延向远方，这里除我们之外空无一人。我盯着眼前细长微驼的身影，看着看着，一个假设渐渐成形。

"难道你想潜进教室？你是不是准备了油性笔？"

远山沉默数秒，回答："嗯，我借了支油性笔。"

他从兜里掏出"McKee"。我们带的油性笔一模一样，都是斑马公司的产品。

***

你好，我是早乙女兰子。

樱井，小笠原跟我说了你的事。

初三第一学期，我和远山一起当过班长。

虽然没怎么说过话……

我手机也没存他的号。

我记得他暑假搬家了。

第二学期就没见过他了。

班上可能有男生跟远山交换了地址。

等我查查。

　　和小笠原宣夫通话三天后，我在大学教学楼休息角的自动售货机上，买了甜口咖啡"牛奶店咖啡"。正喝着，手机突然通知有新邮件。发件人是小笠原宣夫，邮件里写了他联系早乙女兰子的经过，还转发了她给我的邮件。

　　初中时，小笠原宣夫和早乙女兰子在同一个社团，小笠原宣夫是篮球部主将，早乙女兰子是经理。不妙啊，我心想。我只是想联系八年前的同班同学，结果牵扯了这么多人，但愿事情别继续闹大。

　　我重看邮件之时，参加同一个研讨会的女生来了休息角，和"伴侣"男生一起。她一边喜滋滋地说着黄金周旅游计划，一边在自动售货机上买了果汁，然后不知去了哪里。我做好了四目相对就点头打招呼的心理准备，她却好像始终没发现我。我的存在感之弱不亚于远山真之介，已达北极圈臭氧层级别。不过，这我早就知道，事到如今，不会受伤。应该说，这是我自愿的结果，尽量低调生活，避免不良少年纠缠——此乃我初中以来的主张。

> 你好，我是樱井千春。
> 麻烦你帮我找远山，实在不好意思。
> 我有事想问他，所以在托人找他的联系方式。
> 有劳了。

我请小笠原宣夫帮忙转邮件给她。

之后大概一周，我不知信息以何种方式到了何人手里。我的手机依然沉默，偶尔收到消息，也是毫不相干的邮件。就这样，樱花凋落，新叶抽芽，季节轮换。于是我想，曾经盛开的樱花是不是一场梦？

我顺利联系到远山，是在四月末。

早乙女兰子的老同学知道他在哪儿。那个男生跟远山不熟，但初三第一学期借过他的数学笔记，没记起要还就到了暑假，远山又在假期里搬家了。他总惦记着这件事，所以隐约记得远山。前几天他去东海地区一所理工大学，在校园里遇到个陌生男生，对方问他："你专门来送笔记的？"

他当时莫名其妙，纳闷地走了，后来一想，那男生好像是远山真之介。

我半信半疑地打开大学官网，查到总务科的电话，打了过去。

"我想联系一个叫远山真之介的学生……"

"知道院系年级吗？"总务科的人说。

我说不知道院系，但应该是大四的。对方又问我什么身份，跟他什么关系，为什么要找他，我给了些无伤大雅的回答。

"他是敕使河原教授研究室的，是生物工程学研究室。"

打完电话，我从大学官网链接跳到研究室主页，上面登了生物工程学成员学生的名单，我以为肯定有远山的名字，却没找到。但有个名字让我好奇。

"B4·御堂真之介"

B4的B是Bachelor（学士）的首字母。研究室大四学生，跟远山同名——这个人是远山真之介吗？对了，我在网上搜他的名字，一条结果都没有。如果研究室主页登了名字，应该已经搜到了。

主页登了研究室电话，我打过去。拨号音之后，有人拿起了听筒。

"你好，敕研。"

是个男声。敕研肯定是敕使河原研究室的简称。

"您好，您那边有个姓御堂的同学吗？"

"有，我就是。"

"御堂真之介？"

"对。"

"难道……你是远山？"

短暂的沉默后，回答响起。

"……樱井？"

已经八年了，他却还记得我的声音。

3

十四岁时的某个夜晚，中学门前，我和远山交流了计划。

"你打算怎么进教学楼？"

远山声调冷静。

"打碎离值班室最远的窗户，应该不会被发现。"

"这所学校没有值班室。"

"欸，真的？"

"以前有，是老师睡里面值班，但现在跟民营保安公司签了合同。"

他说，保安公司的人只会在门窗传感器检测到异常时过来，而我们中学的传感器主要装在职员室、校长室和保管药品的化学准备室，只进教室应该没问题。

远山还知道有扇窗户锁坏了。坏的是一楼男厕窗户，从那儿进去，楼梯就在旁边，能以最短距离走到我们位于二楼的教室。

"这种地方的窗户开着，真巧啊。"

"是啊。"

毫无感情的"是啊"。我怀疑他事先弄坏了窗户锁，但没说出口。

那天晚上，远山真之介很冷静。有别于心脏狂跳、呼吸困难的我，他成竹在胸，像在解一道不算困难的习题。

由于不可以发出响声，因此我们关掉手机后才出发。穿过树篱，穿过操场角落，靠近高耸的方形教学楼，我们抵达一楼男厕旁，用远山备好的毛巾擦干净鞋底。这是为了穿鞋在校内走动时不留下脚印。

他先钻进厕所窗户，我跟在后面。他从窗口探出身体，抓着我手腕拽了我一把。我跳向厕所地板时失败了，我的脚勾到下面的窗框，差点脑袋着地。

我没叫出声，这几乎是个奇迹。不过，"McKee"和电筒从背包口掉到地上，喀喇喀喇的声音经久不息。

远山接住我，躺倒在地。我们身体交叠。我脸颊下方是他的胸膛，我们能听到彼此的呼吸。因为疼痛和震惊，这个状态持续了数秒。他在呼吸，胸口起伏。然后，我们在沉默中摇摇晃晃地起身，捡起散落一地的东西。我的脸好烫，连掩饰害羞的话都想不到。

"选错了。"

他兜里的"McKee"也掉出来，一直滚进厕所隔间。

"该走厕所之外的窗户。"

和一个男生摔倒在厕所地上，这话对谁也说不出口。

好像没人闻声赶来，教学楼一片寂静。我跟在远山身后，穿过走廊，上楼来到教室。

平时吵闹的教室一片漆黑，寂静无声。仅仅如此，我就有点害怕。按照远山的指示，我们没开日光灯。排列整齐的、平常绝不会碰的、同班同学的课桌在黑暗中静默。

"这真是我们班？没搞错吧？黑板在西面墙上吗？"

要是搞错可就大事不妙了。我反复跟远山确认。

"嗯。不过，教室黑板基本都在西边。"

"是吗？"

"小学到高中都是。这跟窗户在南边有关。日本人右利手多，这是为了握铅笔的手在记笔记时不产生影子。"

"虽然你还在介绍小知识——"

我拿出油性笔，摸黑往全班课桌桌面涂鸦。

本来，我只打算在欺负森亮的不良少年桌上涂鸦，刚才在外面商量时，远山却摇头否决。

"不行，得让所有人都成为受害者。"

"为什么？"

"樱井，关于在森亮课桌上涂鸦的嫌疑人，你太武断了。"

不良少年可能不是嫌疑人。我想都没想过。

确实，不良少年说森亮桌上的涂鸦不是自己干的，还说是森亮为了嫁祸他们自己涂的。

结果，我接受远山的建议，在全班课桌上都涂了鸦。我想，虽然很对不起无关的人，但广撒网总能撒到嫌疑人头上。我记得涂鸦的字体和用词，一边回忆，一边在桌面留下字迹潦草难辨的涂鸦。

　　"远山，你和森亮是朋友？"

　　"嗯。"

　　他们小学起就上同一个补习班。

　　"他一直让我给《勇者斗恶龙》升级。我没有游戏机，倒也挺开心的。"

　　"我都没见过你们在学校说话。"

　　"分到现在这个班之后，森亮为了照顾我，没再跟我说话。"

　　"为什么？"

　　"他觉得，如果关系好，我也会被不良少年欺负。"

　　我推着自行车，车子喀喇喀喇地响。他的自行车停在车站，我们决定一起走过去。今天准备潜入教室时，远山是什么心情？我琢磨着。他是不是想找回能跟森亮在学校说话的日子？

　　远山边走边打了个哈欠。

　　"亏你还打得出哈欠。"

　　竟然采取了那种行动——潜入夜晚的教学楼，我的心脏直到现在还跳得很厉害。

　　当时，樱树正要落叶。枝叶沾满雨滴，路灯照耀下，闪亮得像洒了一树玻璃珠。不知何时，夜空云散星明。我吸进满腔空气。那夜清新舒爽，我仿佛生来第一次呼吸。

大概十五分钟前，我们在黑暗难视的状况下完成了所有工作。工作本身并不费时，或许是因为我们想节约时间，只用粗笔头涂了鸦。这也是我们潜入教学楼前商定的。

远山和我分别在对方课桌上写满污言秽语。我们犹豫过要不要在森亮桌上也涂上新的涂鸦，但最终没碰他的桌子。工作完成，我们站在讲台前看了看，可光线太暗，看不清全貌。如果打开日光灯，肯定能看到很恶心的光景。

"樱井，你为什么会为了森亮做这种事？"

"不由自主啊。"

我沉默地走了一会儿，想着该怎么接话。

"我小学时遇到过同样的事，但谁都没帮我。"

当时如果有同学跟我说话，我后来的性格或许会大不一样。空气变冷，起雾了。白雾渗进透明的空气，路灯灯光朦胧如水彩画。我们一言不发地走着，不久，越过散步道上湿润的植物，我们看见了镇上的光。明明是晚上，我却不再有丝毫恐惧。

靠近车站，我们第一次遇到了行人。手机开机一看，液晶数字钟显示深夜三点。必须在被警察抓去辅导前回家，明天还要上学呢。

"电话号告诉我吧。"

我提出。

"为什么？"

远山略显呆滞地反问。我觉得，他好像真的困了。

"因为，如果今晚的事有什么疏漏，想紧急联系……"

我慌忙伪装打听手机号的理由、根据和动机。

"这样啊，你说得对。"

他也拿出手机。亮得刺眼的液晶屏幕照亮了我们的脸。我们都不会用手机的红外线功能，于是口述号码，手动存了号。

第二天，学校大乱，其他班也跑来看热闹，教室门口人山人海。我心惊胆战，远山却若无其事。我还以为我们之后会谈天说地，成为朋友，互通电话，却并未实现。我不敢找他说话，待着待着就升了初三，回过神来，他已经搬去其他城市了。我好几次想给他打电话，结果却什么都没做，就这样，他成为一缕单纯的回忆，八年过去了。

4

五月黄金周连日降雨。那天在天气预报上也有下雨标记，我颇不情愿地带上了前几天买的白伞，下了新干线，却发现车站晴空万里。我在公交站找到去目的地大学的那路车并坐上，透过车窗，不时看见设有宽广停车场的柏青哥店和招牌巨大的西装店。坐新干线和坐公交的时间，我都从包里拿出"McKee"看着。大学正门后有个转盘，公交在站台停下。

这所大学位处郊野。在宛如绿色海洋的地平线上，巨大的白色研究楼鳞次栉比。我想，这里应该在做蛋白质实验、解析DNA以及电路的研究吧。

我和远山约在校园最深处的F栋一楼大厅见面。我按照地图走在大学校园里。宽阔土地上排列着比医院更没特色的建筑，路上遇见的人很少，环境冷清，肯定是因为黄金周才没人。

我找到F栋，穿过一楼大门时遇见个男人，不是远山。他迅速经过并走远，但我觉得，擦肩而过时，他看了我一眼。这里可能很少来外人。

我坐在一楼大厅的长凳上，心神不宁地打发时间。刚到约定时间，一个身穿白大褂的高个子男人就从走廊深处走来，停在我眼前。远山还是有点驼背，身板纤薄。他并未因再会感到喜悦或激动，而是再平常不过地点点头，说了声"你好"。

远山带我乘上电梯，来到生物工程学研究室。房间不大，挤满用途不明、发出细微运转声的白色实验机器。办公桌上有台打开的笔记本电脑，一篇英语论文正在写作中。实验室平时好像有几个人用，但当天只有远山在。

远山从研究室冰箱拿出装在塑料瓶里的冰咖啡，倒在玻璃杯里递给我。

"你结婚了啊？"

远山走动时白衣翩飞，他无名指上戴着戒指。

"是。"

"对方是什么人？"

"女人。"

"也是哈。"

"我入赘她家，改了姓，现在叫御堂真之介。"

明明是Bachelor[1]（未婚）却已婚，真讽刺。他也是"伴侣"之一。

他让我坐办公椅。我跟他面对面坐下，把带来的伞竖在旁边。

他穿着白大褂坐在办公椅上，看起来像个医生。他结婚了，说我没受打击是假的，但我藏起动摇，装出无所谓的样子。

"那我该叫你御堂？"

"远山也行。都行。"

"放长假还在研究室做实验，你太太不生气吗？"

"内人正在别的研究楼做混凝土破坏实验。"

这两口子在家都聊些什么啊。

"远山，你变帅了点。"

他太太应该很注重仪容。

"是吗？"

"变了，变了。"

"有的人变化更大。"

"毕竟八年了。这么长时间，有的人像变了个人。"

---

1 Bachelor，英语单词，除了"学士"外，还有单身汉的意思。——译者注

"樱井，你倒没怎么变。"

我暗自心碎，再次装得不以为意。

八年前潜入教学楼那晚以来，我们再没说过话，却能自然地交谈。不知不觉，他不再用敬语，我很高兴。

我们互相汇报了一会儿近况，然后进入正题。

"对了，我今天来是因为……"

我告诉他，我春假回家，在壁橱里找到了潜入学校时用的背包，看了里面八年没看过的东西。

"八年？"

"嗯，我一回家就藏进壁橱深处，就那么忘了。"

"你还记得那天晚上的事？"

没理由会忘，那是我平凡人生中的特殊一夜。每当吸进雨后湿润的空气，我都会想起那天，心绪不宁。

我从包里拿出黑色油性笔。

"这是当时用的'McKee'。"

远山微微眯眼。

"樱井，你发现了啊。"

我点点头。

"谢谢你拿过来，寄来也行啊。"

"如果寄来，就不能跟你说话了。"

那晚闯入教学楼时，我脚勾到窗框，摔了一大跤。远山接住我，我们一起跌在男厕地上。我立刻捡起掉出背包的"McKee"，他也捡起滚到隔间地板上的油性笔。但实际上，我捡的是他的油性笔，他捡的是我的。我带的"McKee"应该贴了黄色胶带，证明我在文具店买了它的胶带。然而，壁橱里找到的油性笔没有胶带。

我们拿了对方的油性笔，在没发现的情况下涂了鸦。

远山接过我递出的油性笔，立刻揭开笔盖。

"你是看见这个发现的吧？"

笔尖周围沾着粉笔灰。

"我从结论说起，远山，第一次涂鸦的是不是你？你用这支油性笔，在森亮的书桌上涂了鸦。"

我在壁橱里找到的他的油性笔，八年前那晚之后就再没用过。我揭开粗头笔盖，发现笔尖周围沾着点粉末。揭开细头笔盖，在桌上一敲，白色和黄色粉末清清楚楚地掉下来。我立刻发现那是粉笔灰。

"涂鸦那天晚上，为了节约时间，我们只写了粗体字，没用细头。笔盖从没开过，粉笔灰也就在给森亮课桌涂鸦之后一直留着，是吧？"

远山缓缓点了下头，说："大概是这样。明明出门前试写一下就能发现，我大意了啊。"

森亮的课桌被黑板擦挤出的白黄两色粉笔灰弄脏，粉笔灰上是油性笔涂的鸦。毡制笔头在课桌表面留下油性墨水的同时，应该也刮走了粉笔灰。涂鸦之后，笔尖肯定沾了很多粉笔灰。壁橱里找到的油性笔，才是在森亮课桌上涂鸦用的笔吧？我想象了这样的故事。

"那，果然……"

"不过樱井，你误会了。"

"哪里误会了？"

"我那天晚上应该说过。你不记得对话细节，倒也没办法。"

"你说什么了？"

"见面不久，你问我'是不是准备了油性笔'，我回答'借了支油性笔'。我太吃惊，说漏嘴了。"

我可看不出他很吃惊。但既然他这么说，或许就是这么回事。

"借的？"

"这支笔不是我的，是找森亮借的。第一次涂鸦的是他，他自己在自己桌上涂了鸦。"

研究室电话刺耳地响起来，远山起身拿过听筒，回答"你好，敎研"。我拼命整理思绪。远山回来了，他坐进办公椅，双臂抱在白大褂前，讲起森亮在自己桌上涂鸦的经过。我沉默着聆听动机。

"……于是，校方终于承认霸凌存在。森亮的妈妈认为，与其让他继续上学，还不如亲自辅导更能帮他提高学力，接受了他拒绝上学的行为。森亮便有了'不用上学'的借口。"

"借口？"

"或者叫理由、动机、行为依据。要想推动大人的世界，必须要有这些东西。我一开始不知道情况，很担心他，实际见面一看，他每天都过得轻松愉快，真相也水落石出了。不用上下学，读书的时间增加了，他很高兴。"

"那第二次涂鸦呢？有什么必要？"

"因为不良少年起了疑心，怀疑'涂鸦是森亮自导自演'。他们没有根据，只是不爽因为自己没做过的事遭白眼。于是，我接受森亮的委托，答应帮他涂鸦。"

森亮不在时也出现了涂鸦者。森亮和父母在奶奶家，当晚的嫌疑便消失了。

"森亮来我家，借给我这支笔，其实我只想在他桌上画跟第一次一样的涂鸦，然后马上回家……"

"我的出现搅乱了你的计划？"

"那天晚上遇到你时，我简直不知道该怎么办。是直接回家，还是按计划行事？"

我一声长叹。

"森亮这家伙可真是！"

他才是所有事件的幕后黑手，是做出受害者嘴脸、上演全班瞩目事件的罪魁祸首。

"请你原谅他，他是个软弱又狡猾的人。"

远山的语气依然冷静。

"我已经放弃矫正森亮的性格了，樱井，我劝你也放弃，越生气越白费劲。"

面不改色放出这种狠话，这家伙也是个怪人。

"不过樱井，森亮很感谢你。我跟他说了那天晚上的事。"

"你跟他说了？"

"我说我遇见你，顺水推舟改了计划，在全班桌上都涂了鸦，他笑得可开心了。"

森亮知道所有情况，肯定觉得这很滑稽。

"我现在跟他聊天，偶尔也会聊到你。"

"你们还有联系？赶紧绝交比较好吧？"

"森亮大概一直很惦记你。毕竟，你是唯一一个为他付出行动的女生。但他封了我的口，我不能告诉你他现在在哪儿、做着什么。"

"我也不想问。"

"那就好。他不想见你，大概怕你发现真相后讨厌他。"

我扭头看向研究室窗户，天不知何时阴了，仿佛随时会下雨，屋里开着日光灯，比室外亮，窗户上映出我的脸，表情意外开朗。我嘴上抱怨森亮，内心却松了口气，在我预想的结局里，第一起涂鸦事件的嫌疑人是远山，动机是恶意。相比之下，现在这样的精神打击比较小，而且，我很高兴知道森亮是个意料外的狠角色，我本来担心那件事深深伤害了他。白操心了，我叹了口气。

疑问解决，我喝了口冰咖啡，苦味效果显著。

"为了联系你，我找了很多人。"

我如释重负，说起迄今为止的经过。想问的都问了，剩下的是闲聊时间。

我提起大和田百合子、小笠原宣夫和早乙女兰子的名字，他全记得。我解释，多亏借了他笔记没还的男生，我才能查清他在这所大学，给研究室打了电话，并最终联系到他。

"如果你电话能打通，就不用兜圈子了。"

"欸？"

"能再问问你手机号吗？再怎么说都换了吧，都八年了。"

远山从白大褂兜里掏出手机——是滑盖式的最新机型——开始操作，好像在检查来电记录。

他慢慢眨眼，面露思索。

"原来如此。"

这么说着，又把手机收进衣兜。

"我没换，八年来一直是这个号，通讯录数据也保存了。你下次打电话应该能通。"

"欸？但是……"

"之前大概是串线，打到别人手机上去了。"

"还有这种事？"

"就当是这回事吧。"

墙上挂着个简洁的时钟。已经傍晚，我该去车站了，我打算坐新干线，今天之内回家。我向远山道了谢，正要起身，有人敲响了研究室的门。

"请进。"

远山说完，门打开条缝，露出张男人的脸，是我刚才进F栋时遇到的男人。远山起身到门口跟他说话，我听不清内容，大概跟研究有关。

"对了，樱井，你打算怎么去车站？"

远山回头问我。

"跟来的时候一样，坐公交。"

"啊，那我送你吧。"

和远山交谈的男人提议。

"多不好意思啊。"

"我正要去车站，顺带捎你。"

我看向远山。

"可能让他送比较好，这时间公交很少。"

"那就拜托了。"

我们三个走出F栋正门，我在外面和远山分开了。

我和远山的男同学一起走向停车场。天像随时要下雨的样子，用这把白伞的时刻终于到了。我这么想着。既然从家里带来了，真想撑开用用。然而，停车场很近，我们在下雨之前就到了他车旁边。我在副驾坐好，系上安全带。这时，水滴终于哗啦啦地落到停车场地面。

发动机运转，车辆开动。这是辆又小又旧、不怎么好看的小车，我稍微松了口气。远山这个同学好看得让人倒吸凉气，要是再开辆好看的车，我都不知道怎么办了。

"你跟御堂是什么关系？"

他边开车边问。小车穿过校门，公交里看过的景色展现眼前。雨刷缓缓摆动，擦去雨滴。

"初中同学。"

"他很少有朋友来。"

他开车很稳，甚至感觉不到踩刹车。这时，我已经觉得在哪听过他的声音。小车在田间行驶，经过几个红绿灯。雨势变大，雨刷摆动频率变快。

"能告诉我你的名字吗？"

我问。

"我叫田中。"

"哎呀，今天不叫池田了？"

"池田？什么意思？"

"你为什么接远山的手机？"

他面向前方不动，瞟了我一眼。雨水浸湿的风景向后流去，他嘴角略带笑意。我可不能被他天使般的长相骗了。

"因为手机显示了来电人的名字。樱井，你的名字。"

他刚好来敕使河原教授的生物工程学研究室玩，但远山不在，桌上只放着手机。

"我一直担心你哪天联系他。我怕自己做的事暴露。"

他擅自接了电话，假装远山电话没打通。但我没放弃，找到了远山。

我左肘抵着副驾车窗，按住太阳穴。我该生气，还是该为重逢而高兴？我不知道。

车压过水坑，哗啦哗啦地开。好大的雨，车像在水里跑。他握着方向盘，我看着他的侧脸。

"感觉你变了好多，当时的同学看到肯定会很吃惊。"我说。

"我不想见当时的同学。"他犹豫了一下继续说，"我问远山想考哪儿，他说了那所大学，我就跟着报了。"

我看着雨刷擦掉雨水浊流，不知不觉，天黑了，红灯灯光沁在挡风玻璃上。

"樱井，你觉得远山怎么样？"

"我喜欢他。"

"果然啊。"

小车内安静了一会儿。转弯时，他操作着方向指示器，发出嗒嗒的声音。

"樱井，我今天本来不想见你。不过，刚才在 F 栋门口遇见你的时候，我改变主意了。现在说为时已晚，但谢谢你八年前为我行动。"

或许因为车壁和车顶很薄，雨滴敲打的声音很响。但我不讨厌这种车。我想起以前捡来的便宜透明塑料伞，感到一阵舒适的困意。对了，我带的白伞很长，怕它挡路，横在后座了。下车时可不能忘。既然都想了不能忘，大概就不会忘了。如果这都能忘，那我就是个货真价实的大笨蛋。一旁的他毫不露怯，开开心心地开着车。

"你最好再反省反省，森亮。"我打着哈欠忠告。

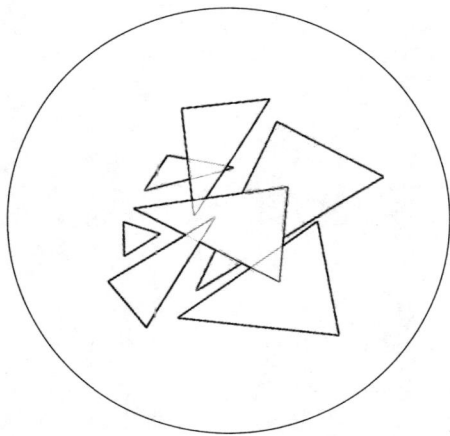

先别破坏三角形

1

高一的初夏，我认识了勉，是体育课打篮球时认识的。

运球的声音和振动响彻体育馆。窗户虽然开着，馆内却闷满热气。同班队友传球给我，我接住球，球在手心停止旋转，感受篮球的触感、重量。状况瞬间生变，视野里人影交错，一名对手挥汗如雨地伸出手。

我发现，我希望有人的位置，总站着同一个家伙。

一名队友。

人们快速移动，转瞬即逝的空隙里，总有他的存在。

仿佛早就料到那儿会敞开条道。

敌队的同学挡在我面前，我作势正面突破，这是假动作。我传球给刚才那家伙，球穿过对手间隙，落到他手里。几秒后，他投的球撼动球网。

他能预判我的思考，我也成功在预判他的思考后做出了行动。比赛期间，我奇妙地知道他所思所想。他拿到球的瞬间，面对突然流动的人潮，我察觉他要往哪传，便先于所有人往那个方向加速。偶尔我速度不够没接到球，就盯着他，用眼神抗议："简直乱来，谁能接到那么快的球？"

他还我一眼，眼里写着：少啰唆，手再伸长点，只有你能接到球。高中开学后两个月，我们一句话都没说过，却能心照不宣。确实，其他队友始终不在他希望的地方，只能由我来接他的球。

白鸟勉，这是他的名字。白鸟这个姓太高级，跟本人一比，似乎会导致所谓的人不如名。开学看见学生名册时，我还觉得这个叫白鸟的家伙真可怜，可亲眼看过他外表后就改了主意，觉得神仙实在眷顾他。他不仅长得好，四月体测时更展现出一流的跑步速度，上课时用英语回答英语老师的英语提问，让教室炸开了锅。要说他有什么毛病，就是不主动接触任何人。班上同学觉得他难以接近，散发着不能随意搭话的气息。白鸟每天一上完课就立刻起身，抓起书包，不跟任何人说话，径直离开教室。没人跟他读同一所初中，没人知道他什么性格，喜欢什么音乐，不上学的日子穿什么颜色的便服。直到初夏体育课打了场篮球。

体育老师看看秒表，吹响口哨。比赛结束。

男更衣室有储物柜。我脱下汗水浸重的体操服，穿上校服。房间里弥漫着难闻的气味，我想尽快换好衣服出去。那天上完体育课就没课了，直接回家就行。

"输了都是因为你。"

我套上夏季白色校服，正在扣扣子，白鸟勉就靠过来说道。

"对手队里有篮球部的人，这才是败因。"

我一边继续换衣服一边回答。

他靠着储物柜抱起双臂。我算比较高的了，但他比我还高一厘米左右，腰和校服袖子下的胳膊都很细。

"你根本不明白啊，鹫津廉太郎同学。"

"不用叫同学。"

"廉太郎，你当时为什么没投球？"

"我说了不用叫同学，但你居然直接叫名字……"

"投了就赢了，你却给我传球。"

专门来说这个，他大概输了比赛很不爽。我瞟瞟他，只见一双锐利如匕首的眼睛正透过清爽直刘海的缝隙瞪着我。其他人已经走了，摆放着储物柜的男更衣室里只有我们。

"……我觉得，与其我自己投，还不如传给你让你投，进球的概率会高点。"

"你姓里有个鹫字，人却是鸡。我要叫你胆小鸡仔。"

他居高临下地说。他这张脸很适合面露鄙视。不过，他扭过头，补充道："但我，呃，很开心。"

可能是在害羞。

我回教室拿上书包，跟他一起穿过走廊，承认比赛败因在我，答应在车站门口的星巴克请他喝咖啡赔罪。初夏空气凉爽，穿过高中附近的公园时，树林鲜艳欲滴的绿意夺走了我的注意力。他在星巴克店里忧郁地托着腮，模样引人注目。闲聊时，他偶尔会看手表。我问：

"你有事？"

"算有吧。"

"是女生吧？"我试探。

他摇摇头，冷淡地回答："不，是成年女人。"

噗哈！我差点喷出星巴克拿铁，憋住了。

"说归说，其实是我妈。"白鸟勉说。

"什么啊！我还以为肯定要叫你白鸟前辈了。"

"我该走了，我得在我妈下班回家之前做好晚饭。"

后来我知道，他父母离了婚，他和母亲两人生活，每天晚饭由他做。他放学后谁都不理直接回家，是为了准备晚饭。

白鸟勉从兜里掏出纸片，眼神锐利地默读纸上写的字。

"那是什么？"

"购物清单，今天得在商店街买蔬菜和鱼回家。"

"要煮什么？"

"鰤鱼萝卜。"

正式入夏，迎接期末考的时候，我已经直接叫他"勉"了。我们一起穿过走廊，一起逃课，去教学楼B栋屋顶打盹看云。

我们高中有两栋教学楼，分别叫A栋和B栋。我手头是B栋屋顶的钥匙。屋顶平时锁着，但我哥几年前是我们高中的学生会会长，毕业时偷偷配了钥匙，在我进这所高中时以五千日元卖给我了。

"那个……请帮我把这个交给白鸟同学……"

好几个女生说着这话把信给我。交给本人会紧张，交给总跟他一起的随从似的家伙就无所谓。没事，我不会因为这种小事不开心。收下的信全交给勉了，他当着我的面拆开信封，读完信笺内容就立刻说："帮我跟她说'No'。"

"你自己说。"

"真没办法，那就回封电子邮件吧，信上写了电邮地址。廉太郎，手机借我。"

"为什么？"

"用自己手机发邮件，对方就知道我电邮地址了。"

"有什么关系吗？"

"她频繁发邮件怎么办？"

"那不挺开心的？"

"你不正常。"

没办法，他只好用自己的手机给写信人发了邮件。据传，女生之间后来在高价交易他的电邮地址，但我没能确认真假。

夏天天晴时，我跟他一起出去玩，还应邀去他家吃过晚饭，见到他的妈妈，打了招呼。如果事先不知道是妈妈，我可能会误以为是他姐姐。她很漂亮，说才二十多岁也不为过，纤细柔美，气质像少女漫画的女主角。我那时第一次看勉穿围裙做饭，他威风凛凛的举止和熟练的动作宛如大厨。他连沙拉酱料都是自制，是洋葱磨成泥，加上油和其他调料做的。

"这是什么啊，太好吃了。"

我一边重复这句话，一边狼吞虎咽地吃着浇了白酱汁的鸡肉。

"我做的当然好吃。"

他满意地说。

勉变得不对劲，是进入九月，学校开学约两周后。一开始，我以为他感冒了，以为是他前几天下大雨时没打伞着了凉。

要说怎么不对劲，就是一直在发呆。我叫他他也听不见，要喊三次左右才终于回头。他还经常叹气，课桌前托着腮帮、心事重重叹气的他气质神圣，看的让人觉得该直接"固化"放进美术馆。

"他出什么事了？"好几个女生来问我。

进入第二学期，他依然几乎没有外交对象，对他的疑问和关心，全部由我受理。我受不了周围女生的压力，只好在屋顶两人独处时问："你有什么烦恼吗？"

"跟感冒差不多，应该很快就好了。"

勉靠在屋顶护栏上。

"也就是感冒咯？"

"不是。与其说病，不如说事故。"

"事故？大问题啊。"

"你太夸张了，别管我。"

"如果卷进事故，最好告诉老师和警察。"

"我现在需要的不是老师和警察，是时间。"

"为什么？"

"时间是名医，很快会让我忘记。"

"忘记什么？"

"小山内。"

勉提到小山内之前，我不是不知道她的存在。大家在同一个教室上课，我知道她的长相和名字，但也仅限于此。

勉和小山内是九月十日左右说的话。我们在教室上课的时候，天色忽暗，头顶传来巨大的响动，仿佛水气球突然破裂，暴雨和雷电同时来临。

放学后，勉见雨停了，才独自离开学校。顺便一提，我刚下雨就早退走了，没跟他一起回家。我们都是坐电车上学，但那天去车站途中，勉绕路去了绿地公园。

"为什么？"

"担心猫。"

公园当时住了只小猫。第二学期开始后，他每天上下学途中都会去看它。它是只短毛种的淡茶色长尾母猫，平时待在公园深处的杂木林一带。

"到了公园后，我朝着猫平时待的地方走。途中，雨又下了起来，因为没有带伞，所以我决定找个地方避雨。"

散步道途中有个带顶休息处，木制三角屋顶下是盖着沙尘的粗糙桌椅，桌椅也是木制，像晴天里一家人吃便当的地方。勉在那儿等雨停。

就在此时，脚步声夹在雨声里靠近，一位身穿同款校服的女生冲进三角屋顶下。她也没带伞，头发已经被雨水打湿了。

"我能坐这儿吗？"

她好像是跑来的，说话气喘吁吁。她的头发剪得和男孩一样短，拨开刘海，和勉四目相对，终于发现先来躲雨的是他。

"哎呀。"

"小山内琴美是吗？我们同班。"

"你知道我名字？"

"我知道全班人的长相和名字。"

"不愧是白鸟，我听说过你成绩优秀，记忆力也很出众。"

小山内的特征，在于头发短得能看见后颈，站立时背总挺得笔直。他俩坐在三角屋顶下的长凳上，看着雨中的朦胧风景。绿地公园是市内公园里占地面积最大的一个，有茂密的森林，还有漂着小艇的池塘。雨天几乎没人，完全是两人独处的状况，只有雨声无止无休。

"老是不停啊。"勉说道。小山内点点头，盯着模糊方向的同一点。

"天气预报这个骗子，明明说过不会下雨的。"

顺着小山内玻璃珠般眸子投出的视线往前，是屋檐垂下的水滴。

原本细小的颗粒逐渐膨胀，如果实成熟坠地般滴落。她的眼睛也望向透明水滴落地的位置。三角屋顶下是拼接石砖，水滴坠落处的石砖表面微微凹陷。每次下雨，水滴都会从同一个地方坠落，时间一长，磨损了石材。小山内眼神闪烁，荡漾着感动的情绪。

"水滴石穿。"

她呢喃出中国的老话。发丝上的水气未干，白色校服上衣紧贴身体，透出斑驳的肤色。

勉站起来，对她说："我去买伞，跑去便利店买。"

"好。再见，白鸟，明天见。"

"别误会，你的我也会买了带回来，所以你在这儿待着，我书包也放这儿。"

"多不好意思啊。"

"没事没事。"

勉留下小山内在原地，他在雨中奔跑，穿过公园，去便利店买了两把塑料伞。

他回到公园里三角屋顶下的长凳旁时，小山内的坐姿还跟刚才一样。他们各撑一把塑料伞，走出三角屋顶。勉全身滴水，撑伞也没意义，但姑且还是撑了。小山内给他伞钱，他沉默地收下。虽然送她也无所谓，但他好像觉得他们关系没那么好。

"对了，白鸟，你怎么在这种地方？"

两人没说目的地，却都走向同一个方向——猫在的地方。

"我还想问你，为什么在公园？不管坐电车还是公交上学，来这儿不都得绕路？"

小山内走着路，微微斜过雨伞。伞檐下露出一只玻璃珠般的眼睛，仰着眸子看向高挑的勉的脸。前方杂树林一带传来猫叫。小山内一阵小跑，勉追在后面。

猫在杂树林入口。木底板上用板材搭着临时屋顶，淡茶色短毛猫正在檐下避雨。

这附近常见一个散步的爷爷，他们还见过他逗猫喂饵，于是将屋顶理解为老爷爷的作品。

"白鸟，你也是担心它才来的？"

小山内边说边挠小猫脖子。

"雨太大，我怕它被冲走。"

勉蹲在她身旁，看着猫。猫避开了雨，没发抖，眼睛眯成一条缝，任小山内用食指摸来摸去。

"一般发生这种事，最后不都是女生迷上你吗？究竟为什么动心的反而是你？"我问。

"不知道。有什么具体的理由就好了，那我就能自己试着反驳理由，冷静下来。大概是细小的瞬间，比如那天看到的侧脸，那天说的话、营造出来的气氛，这些东西加起来的整体印象，一点一点，像必杀技一样起了效果吧。"

在教学楼屋顶听勉讲了雨天故事以来，我也不禁开始留意小山内。平常，她在教室里不太引人注目，好像只跟相对乖巧的女生走得近。从她们旁边经过时能听到小山内的声音，冷静沉稳，吐字利落清晰，又不像语文老师读课本那么死板。

而且，认真一看，这个女生长得很清纯。发型虽像少年，反倒衬得五官可爱。她拥有所谓的透明感。小山内周围的空气，宛如小学时写在观察日记里的浅色牵牛花，或者彩色玻璃瓶，以及透过瓶子凝在影里的光。

"你们后来说过话吗？"我在教室问。

勉摇摇头。

"你为什么想忘？"

"我不喜欢这样。"

"先不说这个，我怎么跟女生汇报？她们施压让我调查你不舒服的原因。"

我觉得实话实说会惹出麻烦。

"说感冒就行，反正差不多。"

"或者轻微的碰撞事故？"

"嗯，没错。"

勉好像困了，打个哈欠趴在桌上。我猛地扭头，看向教室角落的小山内。她和几个女生在一起，看着这边。我们四目相对，她轻轻点点头。她头发那么短，后颈晾在空气里，吹风时肯定凉飕飕的。她后颈的皮肤白皙而细腻，或许正是透明感的理由所在。我下意识用手心摸摸自己脖子。小山内眯细双眼，然后继续和朋友谈笑。

勉主张忘记她，但在咫尺之间守护他的我看来，始终看不出他要忘记小山内。勉一进教室就会不由自主地找她，找跟自己一样担心同一只猫的小山内。我在篮球场上能预判他加速的目的地，现在也隐约明白他的意识倾向哪个选择。

他今后怎么办？这个问题我难以干涉，也不该插嘴。不过，他是不是有什么关于男女问题的阴影？积极的人不会说要忘记，而是会赶紧表白吧？

另外，从这时候起，勉多少开始跟我之外的同学说话了。烹饪实习时，他用漂亮的刀工把鱼切成三份，回答自己的拿手菜是鸡茸煮南瓜。这似乎效果不错，淡化了他难以接近的气质，跟他搭话的同学变多了。虽然他说话依然居高临下，对同学说"我听了你的话很不爽，到一边去""那又怎么样？别再跟我说话了""为什么会那样？解释解释"，但不知为何，大家非但不嫌弃，反而很受用。如果说这些话的不是他而是我，人气可能不到半天就跌了。不过，据传我一开始就没有什么人气。

"放心吧，鹫津，你暗地里也是有人气的。"

小山内说这话是在十月伊始，在车站门口的大型书店。

2

据传，漂在海里、半透明的郑东西——也即所谓的水母——没有肌肉、没有大脑，有嘴却没有肛门。我在书店看它们的写真集。站在书架前，一页页翻阅大开本画册，俯视水母的照片。背景漆黑，纯白水母就像飘在太空里的幽灵。

我有两样害怕的东西，一是我哥，二是水母。小时候跟我哥去海边玩时，我亲眼看到了无数水母。水母挤满海面，红通通的，颜色仿佛有毒。我蹲在水泥岸上看它们，我哥半开玩笑地在背后推了我一把，结果我掉进海里。从那以来，我光想想水母就浑身起鸡皮疙瘩。纠缠四肢的触手，钻进衣服和嘴里的柔软身体——这些触感至今仍在折磨我。

我看水母写真集是锻炼自己，是为了克服恐惧。不想看了，想闭眼。我克服如上心理，把水母可怕的模样摆到眼前。说实话，我连摸这种写真集都很抵触。不过，放学途中拐到书店实施这套恐惧克服程序，使我渐渐习惯了它们难以名状的模样。现在，我可以看到第八页。

"鹭津？"

咫尺之间站着个女生。我不知道她什么时候来的。我被异形半透明骨骼吓得动弹不得，没发现她靠近。

"你喜欢水母吗？"

头发像少年一样短，是所谓"超短发"的长度。虽说"像少年"，但还请各位不要想象足球少年或棒球少年，而是想象黑发优等生这种少年形象。据传，短发能清楚看见脸部轮廓，很少有女生适合短发。换言之，她是个稀有的女孓。

小山内琴美单手拎包，玻璃珠般的眼睛看着我手中的水母写真集。同班以来，她第一次跟我说话。

"小山内，你觉得水母怎么样？"

我合上写真集。

"很神秘，是诗意世界的居民，而且很好吃。"

她声音明快地回答。面对面一说话，就知道她说话时明朗快活，仿佛优等生少年开朗地跟老师交谈。

"不，才不好吃。"

"好吃的。"

"我吃过哦，不好吃。"

"我在中餐馆吃过。鹫津，你呢？"

"在海里溺水时，它们自己跪到我嘴里来了。"

"……那不算吃过。"

书店大而冷清，穿围裙的店员正在摆书。我把水母写真集放回书架，说明了我的心理创伤以及自己为了精神修行在看写真集。小山内佩服地提议："我家有好几本水母写真集，借给你吧？"

"不用了。那种东西，我劝你扔掉。"

"为什么？水母是很美的生物哦。"

"我好像不能跟你共享审美观。"

小山内说，她买了文库本小说，正要回家，去往出口途中发现同班同学在看她最喜欢的水母写真集，以为对方也是水母爱好者，忍不住搭了话。

"你今天没跟白鸟一起啊？"

"嗯。我们也不会总在一起。"

"我之前跟白鸟说话了。"

"我听说了，他人不错吧？"

"是的。"

"你以后也跟勉说说话吧。不过，这样可能会有一部分女生找你麻烦。"

"毕竟他长那样啊。"

"真羡慕啊。"

"放心吧，鹫津，你暗地里也是有人气的。"

我严肃地看着小山内。

"对不起，我开玩笑的。"

她好像受不了良心苛责，低着头尴尬地说。

我不讨厌这种幽默精神。

我清清嗓子。

她将一度移开的视线再次转向我，微微一笑。

她果然想消遣我。

书店里稍远的地方站着个上年纪的男人，他看着我们。今天好像是遭遇熟人之日，四目相对，他面露了然。

"果然如此，你……"

"啊，您好。"

我点头行礼，留下小山内走到他身边。他说："没事没事，我不该打扰你们，我只是路过。"

他低头道别，离开了。

"我好像在哪儿见过他……"

小山内皱起形状姣好的眉毛，看着男人的背影说。我解释道："他住在学校附近，我偶尔会跟他打招呼。"

没必要全盘托出，我想。

以上就是我和小山内的初次交流。后来，我立刻跟她道别，乘上了电梯。分开时，她笑得很开朗。我印象最深的是她穿的鞋，我们高中要穿室内鞋，我没见过小山内平时穿什么鞋，书店相遇时，她穿着男生喜欢的简洁运动鞋，鞋码很小，红、蓝、黄、白的配色仿佛战队英雄作品里登场的机器人。请稍微想象一下她的轮廓，发型确实宛如少年，整体骨架却很纤细，穿校服时下身是裙子，所以不会被误认为男孩。这么个清爽稳重的少女，唯独脚上有双配色如同高达、怎么看都是少年口味、似乎是央求爸妈买来的运动鞋。

她拥有奇怪的违和感，违和感里又有魅力。这份违和感并没有惹人不快。

第二学期期中考期间，平常总旷课的我和朋友们也姑且用了用功。这一时期，我脑海里浮现的是初中历史老师的话："如果碰壁，回顾人类历史即可，答案就在那里。"所言甚是。我斥资数千日元从我哥手里买了历年考题。

成绩优秀的勉还辅导了我的数学，教了我三角不等式。据传，这是三角形成立条件"三角形两边之和大于第三边"的公式。假设三边长分别为a、b、c，则：

a < b+c

b < a+c

c < a+b

我其实一点都没理解，但老实说"完全不懂"，勉就会怒吼："为什么不懂？！"我便不由自主装起明白来。

期中考考完，我们像往常一样传球，在电玩城打发时间，找漫画看。也是这个时期，勉跟棒球部的高二学生发生冲突，我在中间当了和事佬。起因是棒球部高二学生交往中的女生喜欢上了勉，勉不知何时在完全不明所以的情况下遭到高二学生记恨，大为头疼。为了平息事态，我找高三的学长聊了聊。学长一脸老师都不敢接近的凶神恶煞，在我哥面前却抬不起头。我哥以前似乎经常关照他，他还来过我家好几次，跟我玩过马里奥赛车。或许是因为他暗中活动，缠上勉的纠纷后来迅速平定了。勉好像觉得给我添了麻烦，请我吃了拉面。

当时，加上同班的男性朋友，我们没少四五个人一起行动，按人数凑够任天堂DS，在麦当劳联机玩炸弹人——就是那个互相埋炸弹、用爆炸冲击波打倒对手、留到最后的人获胜的游戏。我和勉视线交汇，在沉默中建立共同战线，计划让躲开我所设炸弹的对手成为勉炸弹的饵料。最终只剩三人时，我本想和勉两人联手打倒另一个，却惨遭他背叛，被炸弹一同消灭了。

"你还是老样子啊。"

勉一脸失望。我也有胜利的机会，也有同时消灭他和另一人的机会，但我错失良机，被他抢走了第一的宝座。篮球赛上，我有机会投球却传球给了他。从那时开始，我一点进步都没有。勉翻来覆去对我如此说教。

公园里住的猫被小孩捡走，细心地养在别的地方。

"之前小山内告诉我的。"勉说。

他透过屋顶铁丝网望着秋日天空，似乎觉得很刺眼。

他朋友变多了，但当时有两件事只跟我说过。

第一件是他妈妈手术住院，他每天都去探病。万幸肿瘤是良性，但她毕竟是他唯一的家人，他带换洗衣物到病房，跟她聊天聊到天黑，回家一个人吃晚饭。生活如此继续，他表面没什么变化，言行举止一如既往，但我在他身边，知道他内心深处有所不安。他恐怕略微想过自己的人生，妈妈不在之后独自活下去的人生，想过回家之后空无一人只有自己的房间。妈妈出院那天，他早退赶到医院，被妈妈训道："怎么不上学？"

另一件是小山内的事情。勉不再说要忘记她，他俩有时会在教室闲聊。如此远近的距离持续了很久，并无变化。

十月末举办了学园祭。

十二月，第二学期结束，新年到来，经过第三学期，春天来了。

勉告诉了我许多秘密。

但我有事瞒着他。

学园祭准备期间，我和小山内说过话。

我们班要在学园祭演一出简单的戏，第二次世界大战题材的音乐剧。女主、配角和其他角色已经敲定，男主由全班投票决定。在大家面前演戏跳舞让人害羞，如果我得票很多，他们让我演男主怎么办？该找什么理由拒绝？投票期间，我这么想。

距学园祭正式开始还有三天。那天放学后，获选为主演的白鸟勉跟演员组一起去体育馆对台词，练习表演和歌舞，而我则在教室单手执锤，奋力打造集中营布景。

我钉着钉子，大道具组的同伴一个接一个地跑到我眼前，说着"今天要打工""今天有比赛""肚子不舒服""得喂热带鱼"，然后就回家了。结果，只剩我独自完成工作。

集中营布景成品真实得叫人不寒而栗。我正看得如痴如醉，小道具组的小山内来了。自从在书店聊过水母，我们在教室也会自然交谈。我如果上课打盹，她课间就会过来批评我。就是这样的距离感。

"好强……"

她左右手分别拿着白色纸片和剪刀，呆站着凝视纸做的集中营布景。

"这种墙壁发黑的效果……"

"你能懂我的努力吗？"

"一瞬间，我还以为这儿是奥斯维辛。"

"你傻啊，这里是现代日本。"

"太好了，战争已经结束了。"

"早就结束啦。"

"再也不会有人丧命了？"

"我们是没见过战争的一代人啊。"

"鹫津，我相信你出众的品位，想请你帮个忙。请帮帮小道具组吧。"

小山内仰起眸子，像虔诚信徒般双手合十。我略有动摇，挠着脑袋回答："什、什么忙我都、都帮。"

"这是你说的哦。"

她狡黠一笑。

"那就拜托了。"

她把剪刀塞到我手里，转身回到自己座位。看我杵着不动，她指指对面的位子，示意我过去坐。

"其他人呢？"

小道具组应该有好几个人，但我只看见她。教室里只有我们俩，以及手工缝制服装的服装组女生。

"说有事，都走了。"

小山内用裁纸刀将A4白纸割成细长条状，我拿剪刀从长条一端细细剪裁。这不是单纯的剪，得调整剪刀角度，剪出三角形纸片。我手下堆起无数座三角形的小山，它们是音乐剧高潮时从上抛落的纸雪片，是落向奥斯维辛集中营地面的悲伤雪花。

"为什么要剪成三角形？"

"听说能很好地承受空气阻力，看起来最漂亮。"

她在裁纸刀上放了大概十张白纸，比着尺子眯起眼，微调刀刃位置，缓慢而准确地裁纸。她这一连串动作美丽利落，就算头发因躬身裁纸而垂落，也不会干扰工作。超短发的她如果穿着男装背对别人，说不定会被误认为小学或初中少年。

我们沉默地专注于各自的工作，我觉得说点什么比较好，所以偶尔会跟她聊几句，话题是勉。

他正在体育馆练习什么呢？

但愿他没冲导演组和剧本组发火……

肯定有很多其他班的女生来看。

他不交女朋友，是不是有什么心理创伤啊？

聊到这儿，小山内眼不离手地说："你就知道聊白鸟。"

她嗖地拉过裁纸刀，纸被割开了。

"那我找找别的话题。"

"不用了，不用没话找话。"

"不说话不难受吗？"

"完全不。"

"那就好。"

重新沉默工作。

做完之后，我们把大量纸雪片装进塑料袋保管。外面已经黑了。

"我第一次做这么多三角形。"

我活动肩膀，放松肌肉。小山内用食指和拇指拈起掉在地上的纸片，抬起胳膊在高处放手，白色三角形旋转下落，确实像雪。它在我和她之间慢慢下降。四目相对，她先移开了视线。

刚才我们闭着嘴工作都没事，这时却莫名尴尬起来。因此，我慌忙找起话题，拽出三角形当谈资。

"期中考三角形的题，你做得怎么样？"

假设三边长分别为 a、b、c，则在如下情况构成三角形：

$a < b+c$

$b < a+c$

$$c < a+b$$

请说明 $a=0$ 时，为何无法构成三角形。

期中考出了这道题。

"说到底，真成不了三角形吗？"

"成不了啊。"

她一脸"这家伙在说什么"的表情。

"就算不知道三角不等式，凭感觉也知道成不了三角形。"

"是吗？"

"毕竟，有条边是0哦？"

"嗯。"

"三个点有两个重合，另一个点不就孤立了？"

"那孤立的点多伤心啊。"

"点才不会考虑什么伤不伤心，它是点啊。"

"但如果那个点有人格呢？"

"没有啦，这是数学啊。"

"假如寂寞的点只是在逞强……"

"不需要那种设定，这是数学。"

"原来如此，数学啊。"

"没错，数学。"

"我讨厌这个叫数学的玩意儿。"

小山内大概觉得跟我聊不下去，不知何时收起了书包。我们做好回家的准备，一起走向体育馆。

演员组和导演组还在排练，我和小山内站在体育馆墙边看着他们。不知究竟是谁提出演这种题材的音乐剧，但勉练舞步练得很认真。他没发现我们在看，优雅地舞动修长的手脚，吸引人们的目光。

"真帅啊。"

小山内喃喃。

"还很聪明。"

"神真不公平。鹭津，你可以对神发火哦。"

有些瞬间，我觉得她像水母般难以琢磨，半透明、不定型、神秘莫测。前一刻还很正经，这一刻就像恶作剧小孩似的露齿而笑。我当时很为难。实现勉的愿望就好。所以我告诉自己，这都是障碍。我闭口不言，神色暧昧。小山内露出略感诧异的表情。

"我开玩笑的哦！"

"嗯，我知道。"

气氛突然生疏，我们又回到不曾交谈时的距离。这样就好，我想。小山内垂低视线，盯着自己脚尖。我看向天花板的灯光，思考今后怎么办。这会转瞬即逝，还是会一直持续？我不知道。不过，应该有谁会处理。飞蛾被灯光吸引，迷路孩子似的在同一个地方不停转圈，我们彻底没了话，沉默地看着演员组和导演组的同学。

3

升高二时分了班。我们高中每级八个班，无关成绩优劣地分配学生。我看了职员室门口公告板贴的名单，知道了自己和朋友们的去向。

鹫津廉太郎，高二3班。

白鸟勉，高二8班。

小山内琴美，高二8班。

新教室窗口能看见校园里的樱花，风吹花落的景象很美。我看着花瓣舞动，想起了准备学园祭时的事——小山内在我和她之间抛下一张三角纸片，那几秒间的事。学园祭上表演的音乐剧向许多人讲述了战争的悲惨，大获掌声与喝彩。白鸟勉饱受赞美，布景却无人表扬。舞台地板上散落的三角形纸片是全班一起打扫的。后来过了好几个月，我、勉和小山内之间的"边长"毫无变化。

高二3班在A栋教学楼二楼，高二8班在B栋教学楼二楼。两栋教学楼经走廊相连，但不怎么会往来。我和勉午休时碰头，在B栋屋顶一起休息。春寒料峭之时，我们偶尔不去屋顶，他来A栋高二3班玩。同班女生只有这种时候才会跟我说话，温柔待我。高二3班的女生只觉得我是白鸟勉的朋友，没当我是更重要的存在。

"小山内还好吗？"

在屋顶两人独处时，我问勉。他背靠铁丝网而坐，大口吃着早上在便利店买的三明治。

"被迫当了班长，头疼着呢。"

"啊，班长，感觉很适合她。"

"她初中朋友好像在我们班，她最近总跟那个女生一起。"

我吃着从小卖部买来的饭团。透过铁丝网远望，住宅区那头有片树木繁茂的绿色，是绿地公园。雨天，勉在那里认识了小山内，在三角屋顶的长凳上。

"你呢？班上有篮球打得好的吗？"勉问。

春日暖风吹过，勉柔软的发丝飘起来。

"有，但还是你打得好。"我说。

"我想也是。"

我在新班级交了三个一起玩的男性朋友，放学后还跟他们一起去过电玩城。他们穿的鞋子分别是耐克、阿迪达斯和美津浓。每次看见他们的运动鞋，我都会想起书店里和小山内的相遇。她穿着一双少年风格、让人想到高达配色的鞋子。

"8班好像很好玩啊。"

"确实很好玩。廉太郎，怎么就你在3班？"

我表现得很懊恼，但都是演的，我其实悄悄松了口气。勉和小山内同班了，我单纯地高兴。这不是个好机会吗？同班的话，缩短距离的事件要多少有多少。第二学期的修学旅行说不定就是分班行动，希望勉多点干劲。他和小山内的距离不可能缩不短，而我不想亲临现场。

我讨厌我哥和水母，喜欢饭团，去便利店和小卖部一定会买饭团。我以前是脆爽海苔派，也很喜欢各个公司用来维持海苔脆爽的点子的历史。降落伞型，分体型；用透明薄膜保护海苔，食用时还要简便——关于这种课题的挑战都很有趣。

四月中旬的午休，渴求饭团的我向B栋一楼小卖部走去。午休时的教学楼很热闹，男生集团在走廊奔跑，被老师叫住用点名册打头。女生的说话声被墙壁反射，形成回音。

路过连接教学楼的二楼走廊时，我遇见了小山内。分班离别以来，我已经两周没见过她了。我和她擦肩而过，四目相对，都停下脚步。

"啊，廉太郎。"

怀念的明朗声音。她拿着个大概是便当的小包，和一个我不认识的女生走在一起。大概是勉说的那个、她初中时代至今的朋友。

"你什么时候开始叫我名字了？"

"白鸟一直这么叫，我不自觉就……"

她扭头看向身旁的朋友。

"喏，他就是白鸟一直说的那个……"

"啊，廉太郎啊。"

小山内的朋友认真看着我，手掩在嘴边，露出憨笑的表情。两个女生身高体格和气质都差不多，肩并肩笑着的模样就像两姐妹。

"勉那家伙，究竟说什么了？"

我应该没创造过什么会被初次见面的女生笑话的传说。从她们言行的细节可以看出，勉在高二8班和小山内交流得很好。我脑海中浮现出他俩围着一张桌子的和睦场景。不是两人独处，而是男女混合集团中各有倾慕对象的青春构图，是与现在的我无关的世界。

小山内正要去外面的草坪上和朋友吃便当。我们说了几句话，当天就这么分开了。看看表，十二点半。窗外，阳光灿烂洒落，有的学生在中庭树荫下看书，有的女生在打排球。

后来，我也在相同时间相同地点遇到过她们。我要去B栋一楼小卖部，她们要去A栋一楼的正门，都得走二楼连廊。

"今天也去小卖部？"小山内问。

"去买饭团。"我回答。

"然后老样子，在屋顶见白鸟是吧？"

"顺便告诉你，他是便利店三明治派。"

"为什么饭团和三明治都是三角形？"

"三角形里说不定有美味的秘密。"

我们一说这些无聊至极的话，小山内的朋友就会赶紧去到外面，等她待会儿自己追上去。我也想过错开时间或者走别的走廊，免得撞见她们。我觉得自己不该再见她。如果她的脸、声音、名字靠近我的脑海，我似乎就没法温暖地守护勉。

十二点半，似乎一到这个时间，她们就会穿过走廊去外面的草坪吃便当。我离开教室去小卖部，刚好也是这个时间。一周之内，我大概有三天遇见了她们。就算不特意确认时间，一如既往地上完课，和坐得近的朋友闲聊几句后再去小卖部的话，也会看见她和朋友一起走来。

"高二3班和高二8班的教室离得很远。"

"是啊。"

"如果不在走廊见面，可能就没什么机会跟廉太郎说话了。"

最近，小山内略微分开刘海，用发卡别在一边，露出整个额头。她皮肤没晒黑，很白，所以额头很耀眼。我还认识一个长这种额头的人：亲戚家的小宝宝。露出额头的小山内，发型和小宝宝一模一样。这究竟是什么谜题啊？我目不转睛地盯着她的额头，她便用右手手心挡住自己脑门。

"再见。"

她遮着额头行了个礼，去追先出去的朋友了。

和勉一起待在屋顶的时候，我没说过在走廊遇到小山内的事，这事还没重要到需要报告。不过，我其实可能有点愧疚，这就像瞒着他在跟她幽会。

进入五月，黄金周玩了个爽。我和勉传球时没接到球，眼睛边上受了伤。我哥开车，我在车上被迫收听他当主唱的乐队的CD。在车站门口的大型书店站着蹭完杂志 *Number* 回家时，我经过写真集书架，发现一个正在看水母写真集的背影，服装是女装，发型是超短发。我想打招呼，又犹豫了，快步离开那里才是我想到的正确答案，这是为了不再惦记她。我还在茫然如何是好，她已经放下水母写真集，转身走过我旁边，走向漫画书架了。她穿的不是高达脚部一样的简洁运动鞋，而是花朵图案的凉鞋。

假如一天是一年，午休大概就是七夕，那条走廊就是架在银河上的桥。当我开始想这些事情，终于发现自己病重了。

我虽觉得改变生活规律实属意识过剩，后来却也没法继续这么想。假如这是感冒，就是得病半年后不仅没好，反而持续恶化的感冒。我必须对见小山内、跟她说话这件事更有危机感。

"你在烦恼什么？"

某天，勉在屋顶问我，是因为我在叹气。

"不，没什么。"

我怎么可能说出现了跟他一样的症状。我咬了一口小卖部买的放了金枪鱼和蛋黄酱的三角形。勉吃着上学途中在便利店买的放了火腿和鸡蛋的三角形。我们聊了电视和职业棒球，然后聊到各自的同班同学。

"我们班女生说下次请吃摩斯汉堡，让我带你去。"我说。

"干吗啊？"勉说。

"跟联谊差不多吧。"

"我拒绝。"

"我知道。"

偶尔能听到在外面玩的学生的声音，安静怠惰的时间流逝着。

"之前放长假，小山内好像去冲绳了。"

勉说这话的时候，我正在发呆。

"好像是。"

放假回来后在走廊遇到时，她说过这事。

"什么嘛，你知道啊。"

勉两口吃完三明治。

"不过，你从哪儿听说的？"

"……之前在走廊碰见她了。"

如此说来，小山没告诉勉我们偶尔会碰面聊天吗？我不清楚他们在高二8班教室里交流了什么。她知道我和勉关系好，就算告诉他我们在连廊上的小小交流也不奇怪。我不由自主地亏心，所以没说，但他已经知情才比较合理。

"去小卖部路上遇到了，偶尔会聊聊。她当时说了冲绳的事。"

"嗯，是吗？"

勉点点头，背靠铁丝网，睡眼惺忪地望天，空中飘着白云。

"第一次听说。小山内没提过这件事。"

为什么一直瞒着我？我以为他接下来会这样问，于是紧张起来。

他什么都没说，像沉没一样渐渐下滑，倒向屋顶水泥地，终于彻底进入打盹模式。我捡起他吃三明治时制造的垃圾，我总是负责收拾。

"阳光好刺眼啊。"

勉闭着眼说。他眉间聚起皱纹。

"廉太郎，喂，好亮啊。"

"你想我怎么样？"

"想让你爆破太阳。"

"不可能。而且，太阳这颗星球一直在爆炸。我哥说的。"

我移动到能在他脸上投落阴影的位置，坐下来。

"这样行了吗？"

"嗯，像晚上一样了。"

然而，勉没有呼出睡眠的吐息。他闭目不语，继续想着什么。

关于小山内，我还有件事很在意。她和她朋友把遇见我的事告诉勉也不奇怪，他却不知道。有什么理由吗？不，不对，这种事不是秘密也不是别的，只是不值得特地告诉勉的琐碎话题。我只是这种微小的，甚至不会浮现在意识里的存在。我得出如此结论，制订了用于忘记小山内的行动方针。

翌日。上午上完课，午休时间到，我和高二3班的朋友闲聊起来。平常这个时间我会结束闲聊去小卖部，但那天没有离开座位，在教室跟朋友比平时多聊了十分钟左右，这才起身前往小卖部。

第一天，第二天，第三天……我没遇见小山内就到了小卖部，这周在不见她身影的情况下结束了。之前遇到她是偶然的结果，仅是微小的意识反映，只是自然而然消失的节点。只要不想见，我就再也不会见到她。我会就此彻底忘记小山内，就算终有一日面对面相会，也能客观看待她，能冷静叫出她的名字。我体内产生的麻烦感情肯定会就此消失。

为免在勉面前心虚，这就是我的选择。或许确实也有一条不管朋友优先这份感情的路，但我不想搞僵自己和勉的关系。

刚打完篮球赛和玩炸弹人时，我都曾被勉说教，但我这性格改不了。比起自己出风头，我更喜欢在后方看着别人备受瞩目。在幕后做舞台布景符合我的性格，应援站在舞台上的朋友，是令我安心的位置。

这是我的性格，我的人生。我不清楚这始于何时，或许是我哥太出挑，跟在他身后走着走着，我就形成了久居二线、不想上前的人格。不过，这有什么不好？

直到有一天，我发现小山内在撒谎。

那天是周五。午休，我和朋友闲聊几句后从座位起身，看看手表，想着现在去小卖部应该没问题。我开始习惯不遇到小山内的行动日程了。

我那天身负特别任务，得把我哥乐队出的CD交给留了级、今年还在读高三的学长。学长这个时间总在A栋屋顶休息，他肯定也是在我哥手里买的屋顶钥匙。

去小卖部之前，我拐去屋顶，在他的伙伴们那略让人胆寒的视线中交出CD。那么，该去小卖部了。我正要出发，眼前出现了三楼连廊的入口。

我平常很少从二楼上来，机会难得，今天就走三楼连廊去B栋。窗外景色略有不同。我来到B栋三楼，下楼走向一楼小卖部。

路过二楼时，熟悉的轮廓进入视野。

二楼走廊窗边站着小山内。

连廊入口是个位于走廊途中的四方门，而她就在门前，将便当包抱在胸口。窗外中庭的树上，黄绿叶片繁茂，阳光挥洒如注。她玻璃珠似的眸子对着这片景色，往常那个朋友不在。我停下脚步，看着小山内的侧脸，发卡别开的刘海和白皙的额头。她好像没发现我，今天这个站位，简直像我偷袭她。她大概在等朋友，否则没理由在这儿。

我就此走过，下到一楼，在小卖部买了饭团，然后前往B栋屋顶。从一楼到二楼，我又看见了小山内。都过了五分钟了，她还在。跟朋友吵架了，所以才孤零零地站着？窗户那头，她侧脸上的表情有些悲伤。我犹豫了一会儿，叫了她。

"小山内？"

她吓得一耸肩，回过头来。

"廉、廉太郎。"

语气没平时那么利落，是遭遇偷袭的慌张声音。

"好久不见。"

"是啊，好久不见。"

她立刻找回活力，面露笑容。刚才伤心的表情应该是我看错了。

"我叫你的时候，你吓了一跳啊。"

"我没想到你会从那边来。"

"毕竟我平时都走对面。"

我看向连廊。

"往常那个朋友呢？"

"先去外面了。老师有事找我，总不让我走……"

和朋友吵架好像是我想多了，我松了口气。

"刚才终于放我走，我才出了教室。"

"刚才？"

"对。"

她不都在这儿站了五分钟了？

不过，五分钟之前也可以说是"刚才"。

"廉太郎，你已经去过小卖部了啊？"

我低头看着小卖部的塑料袋，里面装了金枪鱼蛋黄酱、梅干、鲑鱼和鳕鱼子饭团。我是不是太能吃了？

"小山内，让朋友等着没事吗？"

"是哦，得赶紧了，再见。"

"嗯。"

她点点头，小跑着在连廊上跑远了。我目送她的背影消失，走向屋顶，脑子里思绪纷呈。

她是不是在撒谎？在这地方看了五分钟风景，然后说着"得赶紧了"一路小跑，总觉得很奇怪。如果着急，老师放人之后就该马上出去。她说老师有事找她，是不是也是编的？小山内为什么要撒这种谎？我推测她在等我。我最近错开时间，她遇不到我，所以让朋友先走，自己独自站在连廊门口。

无聊，自我意识过剩。我不再多想。

我不知道用什么表情面对勉，就这样迈过通往屋顶的门。他不在。后来他自己说，那天他请假了，他妈妈身体不舒服，他得陪她去医院。

4

勉的妈妈以前做过良性肿瘤切除手术，我很担心是不是肿瘤转移了。提到这事，勉一脸诧异地看着我，说："良性肿瘤哪可能转移啊。"

我之前都不知道，但好像是这么回事。因为工作太累和压力，她妈妈只是感冒了，周五周六在自家休养，勉揽下家务，照顾她，现在，她已经痊愈了。

我靠着屋顶的铁丝网听勉说话。时值五月下旬正午，吹来的风

却很凉爽，灰色云层铺满天空，太阳藏在云后。天气预报说傍晚会放
晴，真的会吗？

"我下午想旷课。"勉说。

"好啊。"我说。

"能不能陪我？"

"去哪儿？"

"你想去哪儿？"

他打着呵欠做起伸展运动。我透过铁丝网看向校园，学生们开始
回教室了。宣告午休结束的铃声敲响，下午的课即将开始。我们离开
了屋顶。

"不去上课，小山内可能要骂人哦。"

为免老师发现而小心翼翼下楼梯时，我说。

"那可不一定。"勉说。

"小山内就是那种人吧？我上课打盹，她休息时间不就来骂
我了？"

我有好几次这种经验，因此觉得她有优等生的一面。

"你没发现？"

勉瞥了我一眼。不知道他什么意思。

"算了，没事。"

认识的老师穿过走廊，我们在楼梯平台避风头。经过二楼连廊
附近时，我想起周五午休和小山内的交谈。我至今不清楚她真正的想

法。今天午休我犹豫过，但最终没靠近连廊。我周五曾经想，她一直待在连廊门口，是不是在等我？但那肯定是我自作多情。不过，如果她今天也站在那儿呢？如果是，我不知道该如何是好。所以我没靠近。

我跟着勉在走廊移动，来到鞋柜前换了鞋，走出教学楼。书包留在教室，但钱包、手机、月票都揣在兜里随身带着。今天就这么回家吧。

或许因为阴天，整片街景都很寂寥。阴影浅淡，树木、楼房和电线看起来都是单调的灰色。我们在自动售货机买了果汁，边走边喝。自动售货机下掉了很多飞蛾的尸体。我们先去KTV唱了几首歌，又来到电玩城玩投币游戏。游戏也玩腻之后，我们在街上乱晃，前方出现了市民体育馆和市民运动场。此时，已经傍晚了。

"我妈这个时间还在上班。"勉说。

体育馆旁有个大停车场，停车场草丛里有个篮球。勉一发现它就冲过去，突然跟我玩起了传球。

"她为了养我而工作。"

"而我们却……"我斗胆说。

停车场没有车，宽广的水泥平面上有无数个白线画成的长方形。勉每次拍球的动静都会留下回音，响彻停车场。停车场周围围了铁丝网，铁丝网背后的灰色街景简直像学园祭时做的集中营布景，仿佛只是木板上贴了张照片，把球扔过去就会砸出个洞。

　　"我妈在我读小学之前都没上过班，因为她高中一毕业就结婚了。"

　　勉传球给我。我接住球，从两侧按了按。气压没问题。

　　"你还记得你爸的脸吗？"

　　"记得他出轨对象的脸，记得很清楚。"

　　我运了运球。篮球的重量和感触真是久违了。

　　"好像是他手下的女孩。"

　　他小学五年级时发现父亲出轨。这事我以前听过，却是第一次听说他记得出轨对象的脸。

　　"你见到那个人了？"

　　"她来我家了。当时我放学回来，我妈出去了。"

　　我停止运球，把球停在胸前。篮球弹跳声一消失，周围便一片寂静。

　　"我正玩着宝可梦，玄关门铃响了，开门一看，一个年轻女人站在外面。她说她是我爸的熟人，我就让她进来了。"

　　勉一脸想起讨厌事情的阴沉表情。

　　"我让她坐沙发，给她倒了茶，她突然一脸烦恼地说起她跟我爸的关系，还说得很详细。"

　　"详细？"

　　"对十岁的少年来说，是很硬核的内容。我边听边想，这人等一下会不会从包里拿出菜刀杀我。"

勉靠近我，抢走我手中的篮球，往地面拍了一次后接住，在指尖转着玩。

"途中我妈回来，走进房间，和那女人眼对眼……我看见了空气冻结的瞬间。"

"修罗场啊。"

"我妈让我赶她走，让我忘记这天的事。然后，嗯，就是常见的故事了。离婚，要赡养费，搬家。"

"那之后，你没见过你爸？"

"他现在在哪儿又做着什么呢？脸跟我一模一样……不，是我像我爸。"

"很受欢迎啊。"

"一天又一天，我长成了我爸的脸，眼睛鼻子一模一样。我妈会不会恨我？"

篮球弹跳声在阴天的停车场里回荡。球滚到远离我们的地方。

"你想多了。"

"同一张脸啊。"

"但是，是不同的人吧。"

"确实也是。"

勉害臊地挠挠头，去追球了。

远方传来下午五点的报时旋律。音乐从我们小时候起就没变过，我哥不知什么时候跟我说过，曲名叫《自新世界》。天气预报说傍晚会晴，但云仍然铺满天空，看不见晚霞。

"来玩一对一吧。"

勉捡回篮球说道。

"没有篮筐啊。"

"凭感觉就行，用心眼感觉篮筐。"

"原来如此，心眼啊。"

"没错，现在正是睁开你浑浊心眼的时候。"

勉沉腰屈膝，在低处开始运球。我摆出迎击他的姿势。校裤贴在脚上，行动不便，但他条件也一样。我们在没有明确规则的情况下开始抢球。他好像设想我背后十来米的地方是篮筐，一边运球，一边窥探着我的行动慢慢靠近。

动作在彼此守备范围即将重合时停止，一瞬的胶着状态，时间仿佛停止。我发现勉的重心在往右脚移动，我也朝那边移动，时间突如爆炸般流动，鞋底蹬地，手臂伸长，嚓的一声，指尖皮肤擦过篮球表面。球轨变化，勉脱手了。我追上去，接住在停车场地面弹跳的球。

球到手的一瞬，攻守交换。我把勉背后十来米的地方设定为篮筐，开始运球。没有队友可以传球，只能越过面前的对手，一对一的简单战斗。

我们不知这样比了多久，一言不发，只顾追球，用假动作越过对手或失败，不断重复。我们身高体重差不多，速度也几乎一样，得靠预判执球一方下一步的行动思路来决定胜负。然而，我们都隐约知道彼此的想法，我们的思考总是差不多，所以很难突破防守。我做了各种尝试，时而带球前后晃动，时而在守备范围相交时过人，但都不顺利。

说到底，我们两个没加入篮球部的外行没有所谓的技术，全靠对手露出破绽后过人得分。不过，因为没有篮筐，也分不清球有没有射中。

终于，勉气喘吁吁地停下脚步。我停止运球，擦擦额头的汗。

"不打了？"我问。

"下一球定胜负。"

"好。"

"打个赌吧。"

勉撩起刘海。

"赌什么，晚饭？"

"赢的人表白，跟喜欢的女孩。"

"我没有喜欢的女孩。"

我吓了一跳，如此回答。

"骗人。"

"你怎么知道？"

"廉太郎，我知道，你不说我也知道。"

不是输家，而是赢家？

这种一般不是当作惩罚游戏，让输家执行吗？

"我不喜欢那么青春的东西。很差人啊。"

"赌吧，廉太郎。我想赌，你就会配合。"

对决看来不可避免。我兴致不高地蹲身传球，缓缓靠近他。我设想篮筐在勉背后，要往那边投球，必须从他右侧或左侧越过去。

勉锐利的眼神对着我，而不是球。他全神贯注，想读出我的视线朝向何方。传球声响彻停车场。快日落了，视野正在变暗。

我们的守备范围接近了。我想象从勉旁边越过，却总想不出好结果，总觉得自己不管做什么假动作都会被他看透，被他抢球。这可不行。运球声里夹杂着彼此的呼吸声，吸气，呼气，我听到勉的韵律。

他向前一步，来到指尖能够触及我支配下的篮球的距离。我停下脚步，与他面面相觑。意识的过滤器消除了运球声，只有彼此的呼吸声传进脑海。时间既像延长又像停止，我们处于胶着状态。吸气，吐气，等对手行动。他一旦移动重心，我也会伺机上前，他或许也这么想。依靠我的视线、鞋的方向、肌肉的收缩等各种动静，察知我前进的方向。

这时，光从我背后照亮。天气预报说准了，放晴了。西斜的太阳染红街道，体育馆墙壁亮了起来，窗户也在发光。夕阳照亮勉的脸，他好像觉得刺眼，皱起了眉头。

我迈出一步，加快速度，打算从勉右侧过人。

咚！篮球弹跳声在不远处响起，回过神来，球已不在我的支配之下。我站定了，转身看勉。这次轮到我看夕阳，逆光之中，勉接住弹起来的球，对着我。我发现，他被晃到眼睛的样子是假动作，是让我迈出轻率一步的表演。

他开始运球，我败于魄力。勉与我擦身而过，抛球投篮，姿势灵活美丽。篮球画着弧线下落，我甚至看见不可能存在的球网在晃动。

第二天是周二，上完第二堂课，我趴在桌上发呆，男性朋友来找我说他的无聊小事。我们正在闲聊，不远处座位上的女生团体突然传来又像惨叫又像喧哗的波动。

"回答呢？"

"答应了？"

一个女生问我："鹭津，你知道什么吗？"

我摇摇头。她用写着"没用的家伙"的视线瞥了我一眼，继续女生之间的对话。

上午上课时，老师的话没进我耳朵。我在自己座位上看着窗外，时间不知不觉流走了。

铃响了，老师放下粉笔，拍掉手上沾的粉尘。同学们全部站起来，午休了。我没去小卖部，直接去了屋顶——我上学路上拐去便利店买了饭团。穿过通往屋顶的门，阳光照得视野白了一瞬。无边无际的平面，勉在蓝天下，他背靠防止摔落的铁丝网，在水泥地上盘腿而坐。

"结果呢？"

我坐到他旁边，问。

"还在考虑，说这周内告诉我结论。"

像平时一样说上话了，我松了口气。希望我们的距离和关系永远不变。我拆开便利店饭团开吃，里面是小卖部没有的罕见馅料。阳光温暖，隐约能听到在外面玩的学生的声音。我问他表白时的情况，他说是在两人独处的清晨教室，空气冰冷干净。"她什么反应？"我问，但没问详细，问不出口。那个说"这周末之前给结论"的她，现在肯定是同级女生最关心的话题。

他以前明明说过要忘记小山内，心境究竟发生什么变化了？跟在停车场告诉我的那件他父亲和出轨对象的事有关吗？

城里晚上下起了雨，第二天、第三天仍然没停。这两天，车站到高中路上挤满了撑伞的学生。女生的伞大多很华丽，她们成群结队走在浸水的街上，仿佛五颜六色的花朵在流动。

下午上完课，放学时间到。我正要离开学校，在鞋柜旁被一个女声叫住了。是小山内那个总和她走在一起的朋友。

"廉太郎。"

"啊，你好。"

"最近午休都没遇到呢。"

"我改成在便利店买午饭，所以没必要去小卖部了。"

"真遗憾。"

"为什么？"

"她好像很期待在二楼连廊遇到你。"

"谁？"

"不是我。我就只说这一句吧。"

小山内的朋友撑开伞，走了。

她说的也只是推测。

说到底，我和小山内之间究竟发生过什么？

高一在书店说过话。

偶尔会在教室聊天。

只有这些，仅此而已。我不知道她至今过着怎样的人生，不知道她有什么烦恼，也不知道她有什么梦想。她应该也不了解我。

我们分享过什么能剧烈改变此前关系的特殊时间吗？没有。或许，是勉曾经说的那种细微瞬间的集合像必杀技一样起了效，就在我思考超短发和高达鞋的时候。

周五。午休到了，我一如既往来到B栋屋顶，勉却不在。

我一个人吃着便利店饭团，突然听到通往屋顶的铁门被推开的声音。我以为是勉来了，回头一看，小山内从门后探出脑袋，见我在，她小心翼翼来到屋顶。

"一周不见了。"

她一脸好奇，一边张望一边走来。我听说她留长了头发，但还是超短发，只是略略搭在耳朵上方。她在太阳下靠近，阳光照透的耳朵泛着红。这么一看，我想起亲戚家的宝宝耳朵薄皮肤白，透过阳光时，耳朵也红红的。

"欸？勉呢？"

我藏起内心的动摇，问她。

"朋友邀他去别的地方吃饭了。"

真稀奇。我咬了一口便利店买的三明治。小山内把手指挂在铁丝网上，背对蓝天，看着校园周围广阔舒展的景色。飞机云横穿蓝天，仿佛要贯穿她。

"你坐吧。这里其实禁止入内，被老师看见就麻烦了。"

"好。"

小山内理好裙角，举止端庄地坐在我旁边。在屋顶两人独处，难办啊，我想。她待在勉平常待的位置，我感觉很神奇。她玻璃珠似的眸子紧盯着我的吃相。我沉默，她也不开口。

"你已经吃过了？"

我难耐沉默，问道。

"我没食欲。"

她今天好像发不出明朗的声音，声音里隐有阴霾。

"你已经回答勉了？"

"不，还没有。廉太郎，你怎么想？"

我没回答，一直嚼着金枪鱼和蛋黄酱。

"好吃吗？"

"还行。"

她眨眨眼，叹了口气，吐出的气息被风吹走。她看着铁丝网那头，轻轻拈动搭在耳朵上方的发丝，再次转向我。

"你还在看水母写真集吗？"

"不，最近没看。"

"之前在书店，有个老爷爷跟你说过话吧？"

"有这事吗？"

"我觉得在哪见过那个老爷爷，后来大约过了三天，我在公园遇到他了。他在喂猫，是那个一直照顾猫的人。"

"巧合，妙不可言。"

我收拾着饭团垃圾。小山内看着我，好像在观察我的表情。距离意外地近。她今天也用发卡别住刘海，露出额头，既有活泼少年的气质，也有相反的明显不是男生的气质。

或许因为头发短，从头顶往下，她脸部的轮廓，脖子到锁骨再到肩，线条一清二楚，和男生体格的差异一目了然。女生身体苗条脆弱，看到她轮廓的人都会感觉纤细。她周围飘荡着远离现实的梦幻气息。

"廉太郎，你知道白鸟和我认识的过程吧？"

"话题变得真急啊。"

"话题没变。那是你和我在书店相遇大约一个月之前的事，一个大雨天的事。"

"你们在公园长凳上一起避雨了，对吧？"

"我们去公园确认猫的安危，猫却在木板做的屋檐下避雨。我和白鸟觉得，肯定是一直照顾猫的老爷爷在大雨里搭了屋檐。"

"大概就是那样。"

"不，不是。十月在书店遇见你之后，我知道了真相。我问了老爷爷，他说不是他搭的，是穿校服的高中男生搭的。大雨之中，男生担心猫，来看情况，伞都没撑就找来了木板。"

"你该不会想说那是我吧？"

"够了，别装不知道了。"

她的眉毛微微拧成生气的角度。

"我找老爷爷拿到证据了。廉太郎，你跟白鸟和我一样，都知道公园里住着猫。大雨那天，你早退了对吧？我后来看过老师的点名册，查过你是几点消失的。你刚好在雨变大之后的那堂课早退了。"

"做的事跟侦探一样……"

"你早退是因为担心猫，去看情况了对吧？"

"这全是你的推测。"

"白鸟和我都担心猫，但都没马上赶过去，放学前什么都没做。而廉太郎，你却……"

"勉告诉我之前，我根本不知道什么猫。"

小山内沉默地盯着我，然后俯下双眼，睫毛阴影落在白皙的脸颊上。

事到如今，话题里还会出现大雨那天的事，我可真没想到。勉跟我说过她之后，我明明一直都有意不靠近公园。

难得有个邂逅故事，我不该介入。勉和小山内同时在意猫的安危，这份温暖的回忆，应该只由他们俩共享。

"我知道你为什么装不知道。你很温柔，但很过分。讨厌，笨蛋！"

她站起来，扔下这句话，势如脱兔地迈开腿，穿过屋顶铁门，背影消失不见。跑开之前，小山内似乎泫然欲泣。

放学后，关于小山内给勉的回复，我很快听到了八卦。

我跟勉的关系稳定得无趣。午休待在屋顶，说蠢话学老师，哈哈大笑。小山内照样跟朋友一起在外面吃便当，我躲着她在教学楼间多动。屋顶谈话以来，我们再没见过。她一在连廊那头出现，我就赶紧原路返回，躲进男厕避风头。

五月结束，六月到来。我手肘撑桌托着腮帮，透过教室窗户，看着雨中朦胧的街景。有人打开教室电灯，室内变亮，我的脸映在窗玻璃上。粘在玻璃上的水滴拉出几根细线，滑过我倒映其中的脸。

有个词叫"夏季大三角"，指的是夏夜出现的三颗星星，天津四、天琴座 α、天鹰座 α。它们散发的光比周围星星亮很多，连起来就成了巨大的三角形。天琴座 α 和天鹰座 α 以七夕织女星和牛郎星的名字为人所知。我是六月中旬某天放学后知道这个的。那天晚上，夜空里还没浮现出夏季大三角，车站前步行桥上看见的天空很黑。

上完课，我在教学楼正门穿鞋准备回家，遇到了勉和小山内。他们拎着书包，好像正要走。

"一起走吗？"勉说。

小山内站在他斜后方，略带羞涩地低着头。我发现，我们三个从没一起行动过。高一那会儿，倒是可能在班上其他朋友也参加的情况下闲聊过。

我一边系鞋带，一边寻找拒绝的理由。我觉得，现在仅仅是三人一起活动，就会给我的心灵带来莫大的打击。啊，对了，我忘东西了，你们先走。我正想说出套路台词，小山内突然慢慢走近，站到我面前。

"廉太郎。"

"怎、怎么了？"

"之前的事，我很抱歉。"

她没精打采，不看我的脸。是介意在屋顶说了我是笨蛋吗？

"没事，我喜欢挨女生的骂。"

"真的吗？"

"嗯。在屋顶被骂笨蛋然后被抛下，感觉不错。那种情景很爽，我都想再来几次了。"

小山内后退一步，跟我拉开距离。

"对了，劝你别靠近他，变态会传染的。"勉在旁边对她低语。

"谁是变态啊？"我反问。

"你。别跟我说话，烦人。赶紧走。"勉回应。

"是你叫我一起走的好吗？"

"我看清状况了。"

"什么状况啊。"

"小山内嫌弃你。"

我扭头看她。

"没事，我、我没有……"

她移开视线，空前冷淡地说。

远方天空仿佛开始流淌《来自新世界》的曲子。结果，我们还是三个人一起走了。走着走着，小山内变回平时的样子，正常跟我说起话来。三人无所事事地走在傍晚的街上，仅仅如此就很开心。西斜的太阳在楼宇空隙间露脸，被橙色的澄澈光芒所照亮。民家传来做晚饭的声音，换气扇飘出酱油和料酒调味的炖菜香气。我们与自行车上或着身穿幼儿园校服小孩的母亲擦肩而过，看见了背着黑色双肩包聚在超市扭蛋机前的小学生。我和勉跟她说了自己的事，包括勉的妈妈、我哥和我哥的乐队。她也讲了她的家人，讲了她爸爸的工作。风景里的阴影越来越暗，越来越浓，水槽游鱼般缓缓下坡的车，房屋深处传来的小孩哭泣，开了电视就放置不管的声音伴随着我们。三人边聊边看的风景如此美丽，我的胸口狠狠揪紧。

我看见成排路灯亮起了光。勉和小山内走在前面，我故意落后几步，跟在后边。商店街有许多人来来往往，车站近了，很热闹。彼此的声音混在人群喧嚣之中，难以听清。我靠近勉，说："我没告诉你，你和小山内开始交往那天，她午休来了屋顶。"

"我知道。她说想跟你说话，让我放你们两人独处。"他一脸"事到如今提这干吗"的表情，继续说，"我还以为她去了就不会回来，还觉得那样也挺好。"

勉扭头看她。小山内不知何时停下脚步，正在看贴满商店街的七夕祭典传单。我和勉在人群中面面相觑，很多人带着嫌挡路的表情避开我们。

"小山内误以为被你甩了，所以才答应了我的表白。"

"怎么会这样？"

"因为你一副没兴趣的样子。廉太郎，我有件事想告诉你。我上课打盹的频率跟你差不多。"

"那又怎么了？"

"不过，小山内休息时间一次都没来训过我。你没发现吗？小山内只跟你说话。迟钝也要有个度。"

我不知如何回答，于是选择逃跑。

"我走那条路，你们继续直走吧。"

"廉太郎，那条路黑漆漆的，三个人一起走这边比较亮。"

"但我突然想一个人待着。"

"是吗，那我就不强留了。"

"你适当找点借口告诉小山内，比如我想起有事急着回去什么的。"

"知道了。"

小山内还在看七夕祭典传单。远远的，我只能看到她认真模样的后脑勺和纤细的肩膀轮廓。我没跟她说话，走向小路。

"廉太郎，谢谢。我不孤独。"

我感觉他的声音穿过人群飘来，回头看去，瞥见他在人群那头逐渐靠近小山内。

我穿过没有路灯的晦暗小路，来到另一条路上。这是条车辆来往频繁的煞风景道路，汽车尾气排量十足。我一边往车站走，一边仰望彻底变黑的天空。我知道的星座只有北斗七星和猎户座，所以并不知道头顶的无数星星分别叫什么名字。

我走进车站门口的大型书店，打算看看好久没看的水母写真集，锻炼锻炼精神。我走进明亮的店内，在写真集书架前止步，战战兢兢地拿了本大开本写真集。其实我连摸书都害怕，看到水母就不安难耐，会被迫想起一个人落海时挣扎的样子。脚踩不到地，在漆黑中下沉，除自己以外空无一人的地方会重现，会寂寞、痛苦、悲伤。不过，每天一点，把水母难以捉摸的样子烙印在眼底，应该就会渐渐没事，应该就不会再对太空里漂浮的幽灵似的形态起鸡皮疙瘩。在悲欢相续的人生中，如此磨炼心智一定很重要。

我看着写真集过了十三分钟，算是新纪录，是要翻下一页，还是今天就到此为止？新一页上刊的照片可能会加深心理创伤，但我觉得，不管多壮烈的水母照片，我今天都能承受。好，我下定决心，同时听到了脚步声。

脚步声在离我几步远的地方停下。我回头一看，看见一个身穿短裙扶着膝盖气喘吁吁的短发女生。她看看我，害羞地深呼吸，整理好校服和发型。或许因为一路跑来，她脸颊染着薄薄的桃色。她怎么在这儿？我无法立刻理解。我摊着水母写真集，想着此处看似小山内的人究竟是否她本人。

"幸好我穿的运动鞋。"

她上气不接下气地说，表情爽朗明快。

"你鞋子很帅啊。"

她瞥瞥我拿着的水母写真集。

"精神修行啊。水母怎么样？"

"还是很讨厌，因为它们没脑子啊。"

"它们不就是这点好吗？"

我把写真集放回书架，重新跟她面对面。她气好像喘匀了。

"你怎么在这儿？"

她沉下脸。

"白鸟他……"

"嗯。"

"突然说要分手。"

我哑口无言。

"说要分手，然后让我跑起来，说现在还能追上廉太郎，还来得及。"

我啧了一声。此时此刻，勉应该正一个人穿过闸机，坐上电车。他是笨蛋，大笨蛋。

"然后，我总觉得你可能在这儿。"

"奇妙啊。他怎么会突然说这些？"

我咬着嘴唇说。

"为什么呢？我不知道。"

"我也不知道。"

其实我知道，恐怕小山内也知道。

我们离开书店，走着。周围很暗，一列列的楼宇招牌和霓虹灯广告牌发着光。我判断不出小山内对我和勉的心理有多深的理解，也没追究她听勉说了"跑起来"就跑到我身边的行动背后藏有怎样的感情。勉叫她跑，所以她跑了过来。现在这样理解就行了。我们或许都喜欢佯装不知、未曾发现。

我们从车站前的大路边走上步行桥，停在正中央，靠着护栏看景色。大楼之间吹来的风撩动了她的校服裙。小山内刚刚提到了印在七夕祭典传单上的关于"夏季大三角"的现学现卖知识。无数亮着灯的车辆开过步行桥下，我感觉自己站在流星上。

我们还有很多事没真心挑明，但却感到了气息，彼此心里的气息。或许我们有一天会说出来，又或许那一天永远不会来。

这里有个三角形，空气阻力下飘得最美的形状。三角形的三个点各有烦恼、性格、人生和顾虑。如果两边边长之和大于第三边，三角形就不会坏，彼此都能一直待在对方视野里，相连，说话，一起欢笑。我还不知道我们能维持这个三角形到什么时候，但就算三角形崩坏，我觉得我和勉也没问题。即使脱离三角不等式，我们还能打造出别的形状和距离。等这份确信再强一些，我或许就能跟小山内多聊点别的，或许就能说出不逞强的话，说出发自真心不加伪饰的话。然而，我们现在仅仅一言不发地并肩而立，不靠近，不远离。小山内喃喃："先别破坏三角形。"

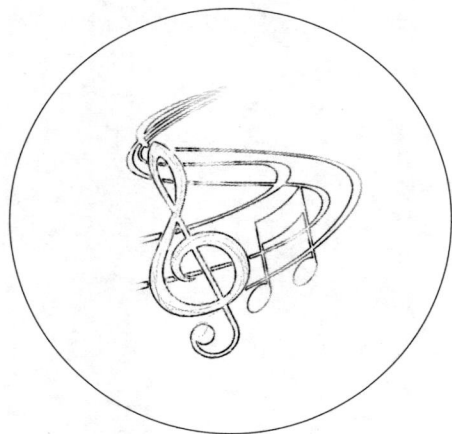

吵闹的肚子

1

上着上着课，我的肚子"咕噜噜噜噜"地叫了。坐附近的同学不知是不是听到了装没听到，只顾跟笔记对峙。他们在记黑板上的算式。真的没听到吗？不，不可能听不到。我肚里的声音今天也精神百倍。或许，一听肚子"咕噜咕噜"大开"金口"就想缩着肩膀消失是我自己太敏感，其余人的耳朵只当它是杂音，置若罔闻。或许有人性格豪迈，被谁听到肚子发出的声音都无所谓，但我很害羞。

我的肚子会叫，而且叫得非常频繁。我是个腹鸣家，当上这个表现欲强烈的肚子的主人，已经快十七年了。小学时还不在意，但上初中后，每天都在连续脸红。上课时，总会发出响彻寂静教室的奇怪声音。而我直到青春期才发现，自己的肚子和其他同学的肚子不同。上课时，就算侧耳倾听朋友的肚子，我也一次都没听到过声音，实属寂静。而我恰恰相反，肚子像个坏了的洗衣机，音量大小和鸣叫次数都远超同学们的肚子。

空腹时声音尤其明显，那个大家都知道的"咕——"，我在某本书上看到过，是空胃袋收缩挤出里面空气的声音。腹鸣这种现象该如何防止？避免空腹就是不蒙羞的手段之一。胃里装点东西，音量和鸣叫次数都会减少，但这并不绝对。在肚腹之声这桩威胁跟前，没有绝对。

哪怕吃了饭，下午肚子饱饱地上课，它想叫还是会叫。这次大概是消化后的食物在肠内移动，"咕咚咕咚、咕咚咕咚"，发出了深海潜水艇似的声音。上课时，只有我周围是深海，甚至仿佛能看见多种多样的深海生物。引领肚子走向寂静的决定性方法至今仍不存在，这是全体腹鸣家共通的梦想和课题。

对了，我开篇提到肚子"咕噜噜噜噜"大开金口，但我要说，这声音相对普通。声音有"噼啪噼啪""唰啦唰啦"等各种花样，从低音到高音，从利落短音到绵延长音，没少演奏让我担心体内正在发生何事的离奇音效。食物消化和肠道蠕动而已，为什么能发出那么丰富多彩的声音？举个例子，天使挥舞魔杖似的"哔哔噜哔噜哔噜哔哔噜哔——"实际听到自己肚子深处传出这种声音时，我还以为里面真藏着天使呢。天使倒无所谓，但我肚子偶尔会发出怪物般的声音，所以不得大意。

大约三年前那天，如果我的肚子能老实点，我说不定就拿到即将初中毕业的寺岛学长的学生服纽扣了。那天的事，我难以忘怀。

樱花纤薄的花瓣从我眼前直直滑过，沾上系带鞋鞋面。麻雀落到地面，好几只聚在一起，在阳光里啼叫。我抬起脸，半个身体藏在樱树黑乎乎硬邦邦的树干后，往校门望去，寺岛学长正一个人走着，见此情景，我又慌张又悲伤，还有些喜悦。

　　我或许不该一直躲在树后，应该赶紧跑出去。红着脸也无所谓，应该站在学长面前，说"请给我纽扣"然后立刻离开。那样就不会出问题了。然而，我一直在树荫里磨蹭，磨蹭着磨蹭着，肚子就发出了怪物呻吟似的声音。

　　旁边地上的麻雀同时起飞，一溜烟逃往天空尽头。它们肯定听见我肚子发出的重低音，感觉到了生命危险。是错觉吗？音波振动传开，翩翩飞舞的樱花花瓣变多了。远处，寺岛学长停下脚步，探寻的视线扫向四周。我慌慌张张躲了起来。一瞬之间，我看到了学长的表情——听见猛兽藏在树林里呼吸的旅者的表情。

　　我的心不够坚韧，没法遇到这种情况还在学长面前露脸。我竭力藏好不被发现，不让他知道声音来源是我的肚子，蹲在樱树后面，按着肚子等时间过去。

　　不久，我拂掉头上和肩上的花瓣，钻出树荫一看，寺岛学长已经走了，不见人影。远处体育馆那头，即将毕业的学长学姐们热闹交谈的喧嚣传了过来。我呆立原地，隔着校服捂住肚子，很想哭。

　　我至今仍会梦到那天的事，一边喃喃"麻雀别跑"一边醒来，坐在床边捂住快速跳动的心脏，一动不动直到呼吸平缓。不过，我从不觉得自己的肚子可恨。我决定不恨它，否则，就太对不起生下我的妈妈了。

　　综合爸爸和爷爷奶奶的话，我妈妈也是个腹鸣频繁的女性。爸爸说，她才像是把世上存在的各种声音都塞在了体内，不管是热带草原的雨声、响彻丛林的雷声，还是风吹湖面泛起涟漪的声音，都能从妈妈肚里听到。我烦恼之源的肚子，是继承妈妈血统的遗传。

听说，妈妈怀我时担心肚子响得太多会使肚里的宝宝没法安心睡觉。我体谅妈妈的心情。想到自己结婚生子前可能也要为此烦恼，一筹莫展。

妈妈的肚子不再发出声音，是在生下我之后。爸爸说，我一出生，妈妈便去世了。身体失去体温，非常非常安静。

"高山。"

某个雨天放学后，有人叫我名字。回头一看，教学楼长长的走廊上站着同班同学春日井。入梅以来，窗外总是很暗。

"我有事跟你说，有空吗？"

日光灯下，春日井的头发闪着棕色的光。我害怕染发的男生，从没跟他说过话。升高二同班才两个月多一点，我不太了解他。

"有事？"

"对。"

他一脸认真地点点头。我刚做好回家的准备，正打算离开教学楼，去便利店买一种加了魔芋甘露多糖、名叫"咕立停"的饼干。午饭后已经过了一段时间，我的肚子又有空腹感了。这种时候发出轰鸣的概率比平时高，我必须争分夺秒给胃袋投喂饼干，双手合十祈祷它息怒。

"现在有点……"

"你急着走？"

"嗯。"

春日井身高跟我差不多，纤细的身体裹在白色短袖校服里，眼睛尤其像猫科动物。如果用魔术笔在脸颊上画上胡子，应该会很合适。

"马上就能说完。"

他一副习惯跟女生说话的态度，而这同样让我害怕。他一靠近，我就不由后退。

"啊……"

突然，春日井吃惊地看向窗外。雨滴从黑云中降生，砸上窗玻璃，流淌着。他盯着外面，数秒内，我们之间只有雨声。

"撞上了。"

他皱着眉头，露出略显锐利的眼神，如此喃喃。我无法理解这句话。他瞟了我一眼。

"刚才，远处有轮胎打滑的声音，还有金属压扁的声音。"

我没听到这种声音。如果有那种声音，全校岂不都会大乱？然而，教学楼非常安稳。他是不是在骗我耍我？不知他对我的沉默做出了什么理解，继续说："放心，我没听到惨叫，大概没撞到人。"

他眯起眼，目不转睛地盯着我的肚子，视线仿佛要透过校服，探寻体内的消化器官。

我吓了一跳，随即羞得浑身发热。

"我耳朵比一般人好。"

我仿佛在听处刑人宣告。

我明白他想说什么了。第一次有人面对面跟我提这件事。之前的同学要么温柔地无视，要么让我觉得他们自动当杂音听过就算，春日井却无情地戳穿了真相。

"所以我能听到。一直以来，那个，你肚子偶尔发出的种类繁多、丰富多彩、仿佛玩笑、充满幽默、像天使挥舞魔杖、像洗衣机、像深海，就是你懂的……"

肚子的声音。

"人类的身体简直像乐器。高山，你不觉得吗？人体一直在演奏音乐。"

我脖子发热，脸仿佛在燃烧，猛然后转，全速逃离现场。我听见他在叫我停下。

我很想哭，撑着伞走进学校附近的便利店，排队结账时，肚子发出离奇怪声，或许因为这声音又很诡异，前面女性背上的宝宝着火似的哭起来。但愿别给宝宝留下心理阴影……

回到家，爷爷奶奶正在聊交通事故。大约一小时前，郊外发生了车辆打滑的追尾事故。正好是我跟春日井说话的时候。想起他的脸，我失去平静，但这次愤怒大于羞耻，无论如何也不至于叫住我专门说出来吧。什么音乐啊，他简直莫名其妙！

2

我在学校是个文静的女生。肚子虽然完全"不端庄"，但正因如此，我为人做事都彬彬有礼，终于实现了正负平衡。这种外在印象并非我强行打造。别人对我的印象，和我自己把握的自身性格一致。我班上玩得好、休息时间待在一起的同学总是温和的女生，这大概就是所谓的物以类聚。我和朋友都不喜欢引人注目，上课都不敢举手向老师提问，连在家庭餐厅叫住服务员都害怕。所以，我比普通人更觉得肚子叫麻烦。

课间休息，几个学生聚在春日井周围谈笑，他的表情却不怎么高兴，周围人大笑时，他也只是一脸困意地发呆。然而，男生、女生、不良少年似的学生都会找他说话。他朋友好像很多。

知己知彼，百战不殆。我跟关系好的女生打听了春日井。他在女生里的评价好像很高，但我温柔的朋友很少说人坏话，不太靠得住。

春日井坐在窗边，趴桌上睡觉的样子让我想起无聊时蜷成一团的猫。睡醒之后，他的棕发会翘起来，看见的女生便借他折叠小镜子和喷雾，主动帮他压平头发。他好像很习惯这种行为，女生也很乐意照顾他。

又一个课间，春日井一脸倦怠，一边看梅雨雨云，一边伸出指尖在桌面咚咚咚地打拍子。他双耳塞着耳机，用随身听听着音乐，好像想逃离休息时间的教室噪音。相反，在我看来，没有比一群人闹哄哄的教室更舒服的地方了。同学们都聊得正起劲，就算肚子采用神秘音响技术发射出好似电影院的音波，混在喧嚣里也听不见。

第三堂课结束后的休息时间，我习惯去洗手间给胃袋补充"咕立停"。肚子产生空腹感的第四堂课是我的胜负关头。它上课时会发出怪声，还是会大发慈悲不叫，事关生死——想是这么想，我那天却偏偏忘了带"咕立停"。

这样可不行，我很担心。休息时间结束时，肚子已经"咕咕咕咕咕"地发出了鸽子叫似的声音。我为什么非得从自己体内听到象征和平的鸽子叫呢。万幸，声音混进了周围的喧嚣。

然而，声音响起的瞬间，独独有一个人向我看了过来。我座位靠着走廊，离窗边春日井的座位有段距离，他却好像还是听到了。他前一刻还犯困似的托着腮，这一刻就睁大眼睛看着我，真是可怕的人。他像盯上鸽子的猫一样双眼放光，朝我轻轻挥了挥手。

我又怕又羞，心碎一地，捂着肚子前屈。经验告诉我，这种状态下收腹，发声概率会稍微下降。

第四节课开始，老师宣布要小考，这时，我已经不想活了。我不害怕小考，我真正害怕的是寂静无声的教室，再没有比同学们无言解题时的寂静时间更能折磨我的东西了。肚子要是在那种寂静里鸣叫，声音听着会比平时响一百倍，同学们的眼睛肯定会纷纷转向坐在爆炸中心的我。

小考期间，"鸽子"在我体内叫了三次，"咕咕咕咕咕、咕咕——"地。第一次刚好老师咳嗽，没酿成大祸。第二次响之前，肚子深处猛地绷紧，我预感鸽子要叫，把试卷翻得哗哗作响加以应对，虽然遭到老师批评，但避免了致命伤。第三次可真够响的，肚子终于在寂静之中模仿了鸽子。如此时刻，我只能低着头佯装不知，一副"刚才的鸽子不是我的肚子"的无辜样子，专心盯紧小考考题。是大家在专心解题没听见周围的杂音，还是我太过敏感？他们说不定误以为外面真有鸽子在叫。如果这不是鸽子叫，而是偶尔会响的离奇诡异杜比环绕声，同学们可能就顾不得考试，全部站起来乱喊乱嚷了。

小考结束，后面的人收卷时，我看向春日井，只见他冲我竖起三根手指，眯缝着眼在笑。我血色全失。他听得清清楚楚，甚至数了次数。

四月同班之后，听觉灵敏的他是不是全听到了？我肚子发出的粗鲁声音，可能给他健全的校园生活造成了严重弊害。以前学校旁边修路，我很高兴肚子的声音被盖住了，其他同学却很烦躁。春日井的感觉是不是跟当时的他们一样？如果是，我就没道理生他的气，应该是他生我的气。我痛恨与春日井同班的命运，说到底，如果没读这所高中，我就不会遇见他。

不过，我无论如何都想进这所高中。初三春天跟班主任说志愿时，他还吓了一跳，告诉我："你可以选水平更高的高中哦。"但我觉得这里好，因为寺岛学长在这里读书。

梅雨前线从日本上空消失，七月一到，天突然热了。照进教室的阳光越发耀眼，四处都有学生把垫板当扇子扇风。

我第一次跟寺岛学长说上话，是春日井冲我竖起三根手指的第二周放学后。我没想过自己身上会发生这种奇迹，没有心理准备。

高中入学以来，我有个小爱好，那就是在教学楼里四处寻找高我一级的寺岛学长。如果看见学长走过，我就悄悄跟在他后面，踩他踩过的地方。

那天天气舒爽，充满初夏韵味，放学后，空中染满晚霞色彩。我收好书包，看见学长抱着辅导书和习题集经过，立刻开始跟踪。他好像要去图书馆，应该是在准备高考。学长走过教学楼长长的走廊，我跟着他。窗框反射着夕阳的红光，闪闪发亮，学长和我的影子拉得很长，在走廊地板和墙上写了个L。就在这单方面的追逐里，那件事发生了。我的肚子释放出了奇怪的音波。声音诡异，仿佛渴血猛兽正在呻吟，吓得人灵魂冰冷。

寺岛学长肩膀一抖，停住脚步，神色紧张地回头，终于与我四目相对。我无路可逃，简直想当场消失。不过，学长没骂也没笑发出声音的我，说："你听到刚才的声音了吗？我以前也听过那个诡异的声音。"

寺岛学长一边用手背擦拭额上汗珠，一边用"露出破绽就会被杀"的视线慎重巡视四周。他没发现音源就是眼前的我。幸好学长很单纯！我觉得不能放跑这份好运，于是佯装不知。

"刚才那是什么声音呢？"

"不知道，你也听到了啊。"

不知不觉，我和学长面对面站着说起话来。我离他的胸膛只有一米左右，这么近的对峙距离前所未有。我幸福得头晕眼花，学长却用手轻轻托着下巴，带着亲属遭遇不幸般的表情陷入沉思。夕阳照在他脸上，相反的侧面出现了黑影。

"刚才那种声音，我初中毕业典礼那天也听过。我现在都会偶尔想起那个可怕的声音，感到害怕。那声音就像是藏在林子里边舔舌头边盯着我的老虎。希望不是什么不祥的预兆。"

"你是不是想多了？"

"不，确实发生过不幸的事。上次听到那个声音的晚上，我的宠物狗死了。"

"巧合真可怕。"

"是巧合吗？那声音仿佛来自地狱深处，能把人吓疯啊。"

学长一脸忧郁。我按着肚子，暗自求它至少现在看看气氛，不能让学长知道那个可怕的声音来自我体内。

"我放心了，那不只是我脑海里的声音。这几年，我还担心自己有幻听呢。"

啊，我真是个该流放去荒岛的罪人。我因自我厌恶而沉默不语，学长也没说话。外面隐约传来飞机飞行的声音，现在出去，说不定能看见黄昏天空里正画出一条直线。我和学长四目相对。

"我以前好像在哪儿见过你。"

"我们读同一所初中。"

"你叫什么？"

"高山。"

"我叫寺岛。"

"我知道。"

"你怎么知道？"

"我总是去看剑道部比赛。"

"你喜欢剑道？"

"不……"

"那是为什么？"

"因为……"

我不知如何回答。沉默再次造访，但气氛并不差，我们之间有种心潮澎湃的氛围，既尴尬又像即将发生什么。

"我现在要去图书室，你要一起吗？"寺岛学长说，"我想再跟你聊聊刚才的怪声。"

当然要——话到嘴边，我没说出口。

"不、不行，我去不了。我有事，得马上回家。"

"是吗？真可惜。"

我不可能去图书室，那是我的禁地，是永远拿不到入境许可的黄金乡。那是无罪之人享受阅读的终年寂静之所，单是想象肚子在那种地方发出奇怪的声音，我就感到害怕。

"那就再见啦，高山。"

或许是愿望带来的错觉，学长说这句话时好像依依不舍。他向着图书室远去了。照亮走廊的夕阳光芒不知何时变暗，白色日光灯扑哧扑哧地闪了闪，亮起来。如果长了个能跟他一起去图书室的肚子就好了，我追悔莫及。不过，我那天很幸福。

3

夏日将近，天更高更蓝，上课时一旦蝉叫，肚子发出的声音就多少能被盖住，因此，我对蝉抱有感激之情。我跟寺岛学长成了熟人，在教学楼遇到时，他如果认出是我，就会回我一个招呼。那可是以前连话都说不上、处在天文距离之外的学长啊。

"你最近遇到好事了吗？"

春日井不知何时跷着二郎腿坐在我前排的座位上，我如梦似幻的心情瞬间烟消云散。老师感冒，自习的教室里没一个人在学习，大家形成几个小团体聊着天。春日井盯着我，于是我扭开脸。我应付不来这个男生。

"如果我肚子的声音之前吵得影响到你学习了，我道歉。"

我下定决心说。春日井目瞪口呆，然后眯起眼睛。

"高山，你真有意思。"

春日井双手贴耳，朝我肚子竖起耳朵。

"哦哦，在响，在响，轰隆轰隆的雷鸣。"

我恍然惊觉，手按肚子，尽量拽远椅子，和春日井拉开距离。

肚子发出的声音有大有小，只有大的声音会晃动皮下脂肪漏到外界，打扰诸位世人。相反，漏不出体外的细小声音几乎总在肚子深处响起。

如果觉得我在撒谎，就征得对方允许，贴在某人肚子上试试吧。应该能听到一直奏响的秘密音乐。

不过，肠道蠕动和食物移动的细微声音，普通人应该听不到。明明如此，在这种距离下，春日井特别的耳朵却好像能听见。

"离我远点。"

我忍着屈辱挤出声音。

"抱歉，我没有恶意，只是想知道现在在响什么样的声音，很好奇很好奇，好奇得不得了。"

变态！这两个字在我脑海浮现，这个可怕的男生肯定是变态，但我还没沮丧到能若无其事把没那么亲密的人喊变态，忍无可忍之前，我至少要稳重得像淑女般应对。毕竟，我是个文静的女生，举止端庄，因此终于实现了正负平衡。

"话说高山，你的肚子简直像自动点唱机一样，装了各种声音啊。"

"滚，大变态！"

我居然能发出这么低的声音，自己都心生敬佩。不过，不管我用多么可怕的表情盯着春日井，他始终不为所动，边哼歌边玩棕色的刘海。这个男生，他习惯被叫变态，我不得不为之震撼。

春日井清清嗓子，重新看向我。

"上次话没说完。高山，我想请你帮个忙。"

他表情也严肃了些。这次要说什么？我做好心理准备。但他犹豫着该不该说，时间过去了。

"不……还是算了。下次再说。"

他挠着鼻尖，避开我的视线喃喃，又突然站起来，像魔术师从兜里掏兔子似的，不知从哪儿摸出张CD-R，放在我桌上。

"这是……什么？"

"里面有音乐。"

"谁的？"

"我的。我作的曲。"

我想象他在玩摇滚乐队，再次感到害怕。把自己作的曲拷成CD给同班同学的男生，让我害怕。

不过，我发现这是误会。当晚在自己房间，我战战兢兢把CD放进唱片机，一边担心自己将有何种恐怖遭遇一边播放，听到的却是没有歌词的电子音乐。连我这种外行人都听得出，曲子很好。我认真听了一会儿，忘了这是春日井的作品，深受感动。曲风各种各样，有的清爽，有的轻快，有的不安，有的阴郁。电子音之外，音乐里还融入了加工后的雨声、树叶声、孩子的笑声。听他的音乐，会有些恍然一惊的瞬间。一瞬之间，似曾相识的风景会像火药爆裂般在脑海里散开。比如：三角钢琴在螺旋楼梯中心下落的风景。是哪部电影的场景吗？

次日，第一节课结束，休息时间到了。我看见春日井离开座位，打算来我这儿。我立刻察觉他要问我对音乐的感想，但我不想随便跟习惯被称为变态的男生对峙。如果可能，一辈子都不想。

我站起来，用书包按住肚子，做好多少遮住点声音的准备，心烦意乱地四处逃窜，试图和他保持一定距离，他却轻巧如猫地向我靠近。逃着逃着，我们逐渐画起圆圈，绕着我朋友的座位转来转去。文静的朋友沐浴着全班的注视，害羞地低下头。

我和朋友一样，也不喜欢引人注目。我只好放弃，在自己的座位跟他对峙。我告诉他听后感，问他那是什么流派，得到了"电子乐"的答案。

"音乐里混了雨声一样的声音。"

"我用了我节录的声音。"

节录，指截取部分已有乐曲或音源并重新编辑，是一种制作新乐曲的音乐制作及表现技法，亦指使用取样器录制真实的乐器声和自然声响，编入乐曲——维基百科载有如上说明。原来如此，我想。

暑假前夕，我在学校又一次跟寺岛学长站着聊了聊。夏天正式到来，校服浸满汗水。我想，秋天能不能早点来啊。到了换衣服的时间，就不用穿夏天的薄校服了。我更喜欢冬天穿的厚学生服，因为它能让肚子发出的声音低几个分贝。

"我现在要去参观朋友的社团活动，你也一起？"

放学后的教学楼，我装作偶遇，靠近寺岛学长打了个招呼。他如此邀请我。

"社团活动？"

"嗯，茶道部，好像能吃到茶点哦。"

"茶道部……"

"忘记校内喧嚣，在寂静中喝茶。"

"寂静中……"

"我之前试过一次，真能感受到寂静哦。"

我再三犹豫，拒绝了这份邀请。如果肚子在品茶时发出怪声，大家嘴里的茶大概会全数喷出，社团教室会变成地狱画卷。

"我等一下有事……"

"是吗？嗯，好，再见，高山。"

学长挥手迈步，我目送他远去，脑中仍然充满幸福，不曾想这是我们最后一次交流，之后再也没说过话。

暑假，我在附近电玩城打工。店里抽烟的客人很多，空气很差，我不太舒服，但各种游戏机发出的电子音总是让店里很吵，正合我意。不管肚子做出多么奇妙的发言，都会被盖住。

八月某天下午，春日井给我打过唯一一次电话。我问他从哪儿知道的我的手机号，他说是问的同班女生。这个男人知道我的联系方式。我深觉危险，猛然想到要不要换号，他却无视我的顾虑，邀我出去玩。

"我正跟班上几个家伙聚在一块儿，你来不？"

他当时跟我说话已经很随便了，但我不记得自己允许他这么做过。在教室告诉他音乐感想，肚子发声和他四目相对，他好像就觉得跟我亲近了。

"我不太喜欢一群人一起玩。"

"我们只是在一起看电影。"

"什么电影？"

"入选奥斯卡的片子。"

他说了片名，是部讲述人生的影片。

"在电影院看电影，我只看有枪击和爆炸镜头的。"

"没想到啊。"

"这世上有安静的电影和吵闹的电影，我不想在影院看安静的电影。"

"啊，是吗？"

他似乎察觉到我的想法，没有纠缠不休。如果肚子在认真严肃电影的高潮部分喊起"嘿咻哎哟"的号子，简直是在场所有人的不幸。

"下次去看别的电影吧。"

说完，春日井挂了电话。

没多久，电话又响了，我以为还是他，结果是初中时代的好朋友。我们读了不同的高中，但偶尔会见面一起玩，她还知道我在跟踪寺岛学长。不过，虽然是好朋友，她也从没提过肚子的声音，应该是觉得我会受伤，所以故意避开了这个话题。

好朋友的电话，是一则惊人的通知。她说，她刚目击寺岛学长和一名女生一起走在街上。我一阵逼问，问出了从头到尾的细节，却还是难以置信，权当朋友睡迷糊做了梦。

但我仍旧无法平息内心骚动，数日过去，在打工的电玩城摆夹娃娃奖品时，我终于目击了决定性的场面。有人穿过自动门，在八月明亮的阳光中走进店面，是寺岛学长和一个我不认识的女生。我躲在夹娃娃机后面，看着他俩拍大头贴，他们移动，我就蹑手蹑脚地贴在街机后面。我想观察他们的关系，而那氛围怎么看都是恋人。

后来听人说，寺岛学长的女朋友是他同学，是在图书室一起复习应考时亲近起来的。爱在我无法涉足的地方开花结果，如此讽刺，我感到了神的恶意。

第二学期开学，走廊偶遇时，寺岛学长经常和那个女生走在一起，我们互相打招呼的次数减少了。最后，不理不睬终于成了常态。

这是九月中旬某天的事。因为寺岛学长，我天天没精打采，没食欲，什么都吃不下。但肚子一空就会闹出大事，我不能什么都不吃。第三节课后的休息时间在洗手间吃"卡路里伴侣"，午休就啃

"SOYJOY[1]"。为了应对放学后的空腹感，我午休想在小卖部买"咕立停"，它却破天荒地卖光了。

如天气预报所言，下午下起了雨。雨势激烈，每粒雨滴都有小纽扣大小，啪嗒啪嗒砸在柏油路上，齐发扫射中带着让人感觉生命危险的魄力。放学后，雨势仍未减弱，雨滴贴着窗玻璃，瀑布般流淌。

没看天气预报的学生没带伞，无计回家，惨白着脸望向室外，为自己的疏忽而懊悔。很遗憾，我也是其中一人。

我站在教学楼长长的走廊里，天空灰暗，日光灯亮了，照得周围白花花一片。我想起寺岛学长，想哭，忍住了。这时，棕发少年从俯首窗边的我背后经过，猫一般的满月瞳孔反射着光芒。他向我靠近。

"这里有两把伞。"

春日井左右手各持一把黑色绅士伞。

"为什么有两把？"

"我忘了带走，一直放在储物柜里。不过，我要用一把。"

"另一把呢？"

"借给谁吧。"

他若有所思，手抬到下巴边。

"这里有个想借伞的女生。"

"是吗，真巧啊。但愿雨能快点停，她能回家。"

说着，春日井作势要走，我叫住了他。

1　一种由大豆制成的健康食品。——译者注

"你故意跟我说话，结果不打算借？"

"我只是想炫耀。那么多人想借伞，我为什么非得选你？"

"确实。"

"不过，高山很照顾我，这伞借你也行。"

"我什么时候照顾你了？"

"你不是给了我灵感吗？音乐灵感。"

我还是听不懂春日井在说什么。

"去多媒体教室聊几句吧，聊了我就借你伞。"

说着，他指向眼前多媒体教室的门。

4

我们确认多媒体教室空无一人，进去打开了日光灯。我想拉开窗帘，但春日井制止了我，说关着窗帘能减小雨声。他耳朵比平常人好，可能特别在意雨声。

春日井将两把伞竖在椅子边，我们在课桌两端相向而坐。室内很安静，我担心肚子会叫，却又想要伞，而且我觉得，既然是这个男人，被听到肚子叫也无所谓。事到如今，大概也跟让学长听到不是一回事了。

春日井边说天气和同学之类无足轻重的话，边从校服兜里拿出个手心大小的机械。他操作着这个有索尼商标的机子，点亮红色LED，放到桌上。

"这是什么？"

"别在意，什么都不是。"

然后，他聊起音乐，问我喜欢哪些歌手，我感觉胃袋渐渐绞紧，"空腹感"这个词在脑中回荡。然而，我手边没有任何能让肚子满足的东西。这样下去，肚子恐怕会成为大闹天宫的神，敲响太鼓、吹起笛子，把多媒体教室变得跟博多咚打鼓节[1]一样热闹。

我按着肚子想，他会不会在事情变成那样之前借伞给我啊。春日井又从兜里掏了什么东西。应有尽有的神奇衣兜里出现了"咕立停"饼干的小盒，他在我眼前开了封，放了一片到嘴里。

"想要？"

春日井问。

"嗯。"

"但这是我的。"

结果，他没给我饼干，又聊回音乐，说什么"自赏派[2]的意思是盯着鞋"的莫名其妙音乐知识。其间，"咕立停"的巧克力味香气洋溢飘散，我的肚子活泼起来，进入演奏会开幕前指挥家挥着指挥棒确认

1　福冈博多的传统节日，庆典期间，人们穿着各色服装，组成"咚打鼓"队，一边用杵子打着拍子，一边在街上游行。——译者注

2　Shoegazer。一种音乐风格，最初因乐手表演时始终盯着脚下而得名。——译者注

情况的状态。

"为什么？你做这种事有什么目的？"

他让我看"咕立停"，我只能认为是为了刺激我的空腹状态。春日井停止音乐话题，眼神认真地盯着我。雨声透过窗户传来，他平静地告白："今天买断小卖部'咕立停'的人，是我。"

我听到裂帛似的风声，外面似乎是暴风雨状态。我被他的发言吓到，发不出声音，只是盯着眼前的男人。

春日井的表情有一丝怜悯。

"你在吃这玩意儿不让肚子叫吧？"

"……嗯。"

"我上网查了，有些网站和社区聚集了为肚子叫发愁的人，我在那儿搜集了情报，有很多解决方法，比如空腹就放食物进去，还有不容易出声的姿势。"

"你连那种东西都搜了？"

"你也搜了？"

所谓不易出声的姿势，是在地上正坐，下身不动、上身前倾，胸像土下座[1]一样贴到地面。大家都说，出门前做一会儿这个姿势，肚子叫的概率就会降低。这是肚子叫的人们，也即腹鸣家长期研究和努力后创造的姿势。

"是吗，真惨啊。"

1　一种日本礼仪，即五体投地地谢罪或请愿。——译者注

"我不需要同情。"

"不过，我不讨厌你肚子的声音。"

眼前的变态突然说。他用食指蹭着人中，一脸羞涩。这家伙果然很奇怪。

"你肚子偶尔发出的UFO飞来或激光枪发射之类的声音，比平平无奇的科幻电影更刺激想象力。"

懂了，他在捉弄我。

"虽说是激光枪，但不是《星球大战》那种很帅的，而是哔噜哔噜哔噜哔噜那种感觉的，很可爱。"

这种说明，不必了。

"还会发出巨大怪物打鼾似的声音哦。"

"够了，别说了，我心快碎了。"

"别那副表情。我很高兴，因为这世上还有没人发现的声音。看看电视剧、电影和小说的世界吧，到处都是差不多的剧情，各种故事都讲到头了。每首曲子都好像在哪听过，每个声音都有印象，无非大同小异地修改了别人以前做的声音，拼接起来而已。就算想创新，某个地方也已经有人在做。原创已经不复存在。现在，伟大故事已然失落，世界是记号的组合。"

"这跟肚子的声音，究竟有什么关系……"

"节录。"

"节录？"

"现在，各种音效都是引用部分既存声音，组合起来得到的。你在视频网站看过MAD作品吗？"

"没有。"

"网上充满了用既存电影、动画、电视节目剪辑来的视频，各种东西都是某种素材，由此诞生的作品也会成为别的素材。我的音乐也不例外。"

"是吗？"

"我在自己的音乐里用了自然界的雨声，小孩的笑声，也把以前做的音乐复制粘贴似的拿了一部分用过，说是自选合集也不为过。不过，不止我这么做音乐，很久以前，奏乐技巧是构成音乐的唯一要素，然而，几代之前，取样器进化，音乐制作手法改变，变得只要有音源就能随意重复、演奏声音。审美也变了，人们对音乐人的要求不再是高超地演奏乐器，而是如何使用哪个乐句。更有甚者，要做出好的音乐，持有素材音源这份资产才是重点。"

"呃……"

我极其困惑。

"这跟做出美味饭菜必需大量好食材是一回事。要做出至今没人听过的全新音乐，就需要没人听过的声音，也就是全新的音源。"春日井瞥了一眼桌上的机械，说，"声音是必需的，给我灵感的声音、当素材的声音，不过，我现在能做的声音有限。做声音需要昂贵器材，我只能奏乐节录，但我找到了能唤醒想象力的新声音，就在教室里。"

"啊……"

"总之，嗯……"他清清嗓子，说，"……让我录你肚子的声音吧，为了音乐。"

十月中旬的星期五，我迎来了十七岁生日。爸爸在附近店铺订了蛋糕，我们跟爷爷奶奶一起在家稍微庆祝了一下。我正在客厅回味好朋友发来祝贺生日的手机邮件，肚子突然发出了"咻噜"的声音。爸爸也在客厅，他好像听到了我肚子的声音，抬起低头看杂志的脸。就算是家人，被听到怪声也很害羞，我脸颊发热。

"对了，听到刚才的声音，我想起来了。我们来看妈妈的照片吧。"

爸爸站起身，从书柜里拽出一本旧相簿。他想起妈妈的契机不是我满十七岁的模样，而是我肚子的声音。这是个什么爹啊！

相簿里有爸妈结婚时的照片，去热海度蜜月时的照片，其中有一张，是生我前夕大着肚子的妈妈，这是她生前最后一张照片。妈妈体型苗条，只有肚子像装了地球，是个壮观的球体。爸爸指着这张照片说："你在里面的时候，妈妈肚子经常叫哦。"

"我不想知道这种消息。"

"肚子叫的时候，她跟你一样害羞，所以年轻时在柏青哥店打工。因为很吵，能盖住声音。"

"不管什么时候，人们想法都一样啊。"

　　"出门的时候，她只去热闹的地方。我曾经邀请她去古典音乐会，但她不想去。"

　　"妈妈克服自卑了吗？"

　　"应该始终没克服吧。结婚之后，我每次听到声音，她脸还是会涨得通红，一副很害羞的样子。"

　　大概，我也无法迎来肚子叫了也无所谓的日子。如果妈妈直到最后都为肚子而自卑，我肯定也会。但我偶尔觉得，这样也不错，毕竟，聊到因肚子叫而失败的妈妈时，爸爸表情很温柔。

　　我洗了澡，换了睡衣，正想睡觉，手机接到个电话，是春日井。

　　第二天是周六，下午两点，我正在车站门口的HMV浏览外国音乐CD架，认识的少年就边打呵欠边挠棕发地走了进来。我手里拿了好几张想买的CD，春日井看了却沉默摇头，热带鱼环游水缸般睡眼惺忪地在架子间走来走去，拿了一堆CD回来塞给我。CD是My Bloody Valentine、Aphex Twin、高木正胜、阿沃·帕特等人的作品，我一张都没听过。最后，春日井仿佛要做补充，从怀里又拿出一张CD-R，放在我抱着的CD最上方。

　　"这是？"

　　"昨晚完成的曲子。"

　　CD-R里好像刻录了他做的音乐。

　　我们离开HMV，在街上走了一会儿。卷积云在秋日天空里舒展，蝉已经不叫了，通过步行桥时，带着枯叶气息的风吹动了刘海。

春日井停住脚步，凝视远方。

"怎么了？"

"有小孩的哭声。"

好像有个我听不到，只有他能听到的世界。

春日井前几天在多媒体教室发表了爆炸发言，而我当然没准许他录我肚子的声音。当时，发现桌上索尼产品是录音机的瞬间，我大叫"休想"，右手抓起它，以士兵扔回敌人丢来的手榴弹的决死速度，砸向最远的墙壁。机械砸出声音并破损，小零件散落在地，春日井"呀啊"大叫，揉得棕发一团糟。或许，他关着窗帘减弱雨声，不是因为会分心，而是为了避免录到目标声音以外的杂音。我在他叫我停下的声音中逃离现场，与其借那个恐怖男人的伞，还不如……这样想着，我冒雨跑到便利店，买了把伞。

第二天开始，我不再跟他说话，还屏蔽了他的电话，每天都求神让他倒霉。神或许听到了我的愿望，他得了流感，请假了。

"我认为，在现在的创作表达中，组合乐句所需的审美，换句话说，组合既存记号所需的审美，多少是获得原创性的关键。这也可以叫作文脉，不过，我总想不到用什么顺序配置这种语言的新文脉，就在那时，你肚子的声音给了我灵感……"

如上戏言，是我某天在电子邮件里读到的。病床上的春日井从朋友那里问出了我电子邮箱的地址，发着高烧还拼命写了信。然而，我完全不能理解其中内容，把他发的邮件设定成了垃圾邮件。

我没跟他绝交，大概是因为爸爸很喜欢他做的音乐CD。爸爸回收了我气呼呼扔进客厅垃圾桶的CD，翻来覆去地听。春日井的音乐飘出爸爸书房，偶然飘进经过走廊的我的耳中。火药炸裂般似曾相识的风景在脑海铺开。

三角钢琴掉下螺旋楼梯的声音。

藏身黑暗一动不动的龙与虎的声音。

鸽子的叫声。

深海的声音。

节录的是自然之声、乐器之声，还是电脑制作的电子音？各种加工后不辨原形的声音相互融合、浑然一体，唤醒了想象。

春日井大病初愈，不知是不是错觉，棕发似乎黑了些。我轻轻一推学生服包裹下他那薄薄的后背，他就东倒西歪地摇晃，完全无法自己停下，一直晃到对面墙边撞了鼻子。我没忘记警告他，就算又跟他说话了，我也不会让他录我肚子的音。这样那样地，我们后来仍在交流。说起来，我还是第一次跟男生交朋友，也是第一次有人能聊肚子的声音。

"你想太多了。其实根本没那么响，因为是我才能听到。就算偶尔声音特别大，大家也都当没听到。至于你跟踪的学长，嗯，是不是霉运都撞一起了？"

不知不觉，我不再想起寺岛学长，也不再梦见逃跑的麻雀。坐在床边调整呼吸的情况，暂时也消失了。我感觉自己的人生和心态正在缓缓质变。大概是因为春日井。我不愿承认，但他闯进我内心深处的重要角落，厚颜无耻地坐定了。

妈妈的肚子在生下我后陷入沉默，不再发声，个中理由是不幸的死，但我也会想象，是我继承了妈妈体内的音源，所以她的肚子才安静了。肚子深处如果有音源，会是什么形状？是人类无人想到的乐器？是发出神秘叫声的动物？是汇聚全世界所有声音密度太高而形成的固体块？

烦恼虽多，但这是我自己肉体的故事。结果，我没能跟寺岛学长谈一场少女漫画般醉人的恋爱，我软乎乎的恋情在现实存在的肉体面前破灭消失。我有时会想，如果有个普通的身体该多好，但如果那样，我的性格可能就大不相同，变成跟现在不一样的我。所以，现在或许也挺好。

前几天，爸爸找到了用录音机录下妈妈肚子声音的磁带——家里居然有同样的"变态"，我吃了一惊，不过，我打算下次听听那卷磁带。

吉祥寺的朝日奈

1

她叫山田真野，写作"真野"，读作"maya"，全名就成了
"yamatamaya"，正着倒着，都读"yamatamaya"。她好像受不
了这个，让熟人叫她"mano"。但说到底，这跟我无关，我一直叫她
山田小姐，自始至终，一次都没叫过她的名字。

我频繁光顾吉祥寺的一家咖啡店，刚好是四月樱花盛开的时期，
车站南口塞满了来井之头恩赐公园赏花的人。咖啡店位于杂居楼五
楼，店里播放音乐的音量恰到好处，若隐若现，不会干扰阅读。装修
虽然简洁，但仔细一看，桌椅却都价值不菲。高挑苗条的美女店员总
在柜台后无所事事。店里铺着黑亮的木地板，女店员一走路，她穿的
靴子就噔噔直响。店长是个留络腮胡的男性，通常待在厨房深处，但
这次事件发生在顾客稀少的时间带，他没在店里。

那天，我正在四人座旁读书，店里来了对情侣，坐在不远处。这
对大学生模样的年轻男女大概逛了杂货店，拎着好几个纸袋。男生容
貌普通，女生则长得引人注目。

鼻梁和明亮的眼睛气场十足。她面无表情地托腮坐在桌边，店员
来点单时，头也不回地低声说"混合咖啡"。不高兴的女人——这是

她给我的第一印象。

我虽在意，但总不能一直盯着她，于是继续看书。我正看的小说迎来高潮，侦探将涉案人员汇聚一堂，当场指名告发凶手，开始讲述动机。杀人动机是所谓的痴情，丈夫用割草机杀掉了不贞的妻子和出轨对象。真可怜。

我呷着咖啡，翻动书页，情侣那边传来争风吃醋似的对话。我眼睛追着文字，忍不住竖起耳朵。女生声音相当通透，或许平常就在练习发声，说不定还是哪个剧团的成员。不过，东京近郊的剧团我几乎都看过，不认识这个女孩。是新人吗？

女生举起拳头，"咚"地砸在桌上。

"我说，你明白吗？"

或许因为她的姿容，我仿佛在看电影。男生无精打采地辩解起来。听他俩的话，好像男生出轨了——不是女生，是男生。

我假装在读文库本，瞥了眼店员所在的柜台。苗条的美女店员一边洗杯子，一边往我这边一瞥。没想到啊，嗯，没想到会这么发展。我和店员沉默地达成共识。

情侣吵架每分钟都在升级，店里客人只有他们和我。我继续假装看书，从刚才起却一页都没翻，店员洗同一个杯子洗了好一会儿。终于，两人的争论抵达最高潮。"哐当"一声，女生带翻椅子起立，扇了男生一个耳光。

"别、别打了！"

男生一闪，女生挥空第二掌。她懊恼地咋舌，这次居然抓起旁边的椅子，纤细的手臂将它高举过头顶。事出突然，我和店员都动弹不得。小学朋友吵架时，我见过这种光景，没想到长大了还会遭遇有人举椅子的场面。

"去死！"女生一声大喊，摔出椅子。

"请住手！"店员大叫，但为时已晚。下一瞬间，男生闪身避椅的光景映入我眼帘。我看见女生"啊"地张开嘴，视线对着我。

椅子落在我坐的桌上。咖啡杯粉碎，黑色液体飞溅。飞沫与碎片飞舞之间，木椅反弹，直击向我。

十分钟后。

按压鼻子的手绢染得通红，店员找来店里所有纸巾。我坐在皮沙发上休息，鼻血狂涌不止。

对不起，对不起。女生频频低头，跟店员商量赔杯子的事。男生被她赶走，已经不在店里了。女生在手账里草草写了什么，撕下一页递给我。

"如果要看医生，请联系我。"

她递来的纸上写着电话号码和名字。

"大概……没事，应该……很快就好了。"

我鼻子里塞着纸巾，声音绵软无力。

"那也请联系我。"

女生朝店员行个礼，欲言又止地看看我，离店走了。女店员清扫杯子碎片，处理脏纸巾期间，我看着女生给我的纸。

"她好像希望你联系她。"

店员结束工作，来到沙发席旁。

"她可能……特别担心……我的鼻子。"

"不，那是……你懂的，就那个。她想跟你联系。"

"原来如此，为了医疗费？"

店员为难地挠挠头。

"哎，算啦。"

她端正姿势，抱歉地说："对不起，如果我及时阻止……"

"不，这是我看戏的惩罚。"

我按着鼻子里的纸巾，严肃地喃喃。苗条的美女店员好像没憋住，微微笑了笑。我虽是店里常客，但这是我们第一次说话。

"可以告诉我名字吗？"

我挤出勇气问。

"名字？我的？"

"对。"

"我叫山田。"

她歪着头，好像想说"为什么问这个"。

吉祥寺车站前有条叫"阳光路"的商店街，街入口有间献血室。所谓献血室，是收集用于输血和生产血液制剂的血液的地方。我定期拜访此地。针刺进手臂抽血，红色液体通过半透明的管子。我一直觉得这很美。

我以前的女朋友连打针都很讨厌，把爱好献血的我当怪人。我跟她谈了一周就分手了。我这个人，不管跟谁交往都会很快失去兴趣，经常就此失去联系。人心无常，这也无可奈何。

吉祥寺站前献血室在大楼四楼。下电梯登完记、查好病历后，我在候诊室沙发上看打工信息杂志，突然有人搭话。

"啊，这不是我们店的常客吗？"

山田真野右手拿着免费自动售货机的纸杯，左手拿着旅游信息杂志《路路步》，两边胳膊都没绑止血带，看来跟我一样，刚登完记。咖啡店流鼻血以来，已经三天了。

山田真野坐到我旁边。我把正在看的打工信息杂志放在跟她相反的方向，藏起来。在献血室相遇是偶然，我没想到会在店外这么简单地遇见她。怎么才能在咖啡店以外的地方见到山田真野——我原本还在为此烦恼呢。

"结果，你跟那女生联系了吗？"

"没有，鼻子已经好了，写联络方式的纸也装在裤兜里洗了……"

献血室分为候诊室和采血室。候诊室有沙发桌椅、免费自动售货机和零食，以供等候献血和献血后的人休息。采血室则像医院大病房一样放着床和医疗设备，护士们走来走去。

"有线电视有没有什么好看的啊？我今天是成分献血。"

她喃喃。每张床都有台液晶显示器，可以看有线电视。

"成分献血啊？我也是。"

成分献血时间比普通献血时间长，但愿打发时间的电视节目有趣。

"山田小姐，你今天不上班？"

"请假了。你没事吧？之前流了那么多血，今天还要抽血，没准会死哦。"

"不会死啦。"

"可是，你流了好多鼻血啊。店长后来看到垃圾桶的纸巾，还以为发生杀人案了，吓得不得了。你别死哦。"

"都说不会死了。"

"你如果不在了，店里销售额会少很多的。"

女护士站在采血室入口，单手拿着名册说："山田女士，朝日奈先生，在吗？"

山田真野站起来，稍后，我也站起来。

"朝日奈？"

她扭头看我。

"我叫朝日奈日向。"

"那我就叫你朝日奈吧。"

我们依次接受问诊，采了少量血液，回候诊室等了一小会儿，又被叫进采血室。

巧得很，我们躺在相邻的床上，距离两米左右。房里静得说话就会引人注目，所以不能聊天。护士将针刺进手臂静脉，献血开始了。

我不经意看向山田真野。她一双腿长得几乎探出床沿，脚上还穿着靴子，在她体内循环过的红色液体通过透明软管，进入床边设备。她在给床边设置的小型薄型显示屏换台，发现我在看，就朝我侧过脸，动了动嘴唇。扯平啦。她好像在这么说。前几天她看了我的血，今天我看了她的血，是这个意思吗？山田真野眯起化了眼妆的细长眼睛，露出笑容，唇间隐约露出洁白的门牙。

床边设备发出跟刚才不同的声音。插在手臂上的针流出冷冰冰的东西，在体内循环，是离心分离后的血液回到了体内。成分献血只采取血液里的血小板或血浆，红细胞等成分则返回体内，因此，身体负担比较轻。

终于，护士现身，告诉我们献血已经结束。针拔出手臂，贴上创可贴，隔着衣服长袖绑好止血带。我和山田真野一起回到候诊室，坐进沙发休息。我在免费自动售货机接了两人份饮料，山田真野在零食角拿了两人份零食。

"成分献血很棒吧？"

山田真野边吃献血甜甜圈——就是只有献血者能吃的那种甜甜圈——边说。

"成分献血？不可能吧。"

血液回到体内的感触并不好受。

"偶尔嘴唇麻痹，身体变冷，总觉得挺舒服。"

"发表这种意见的人，山田小姐，我觉得是变态哦。"

"那朝日奈，你为什么成分献血？"

"因为能经常献。"

每年献血次数有限，而成分献血对身体负担较小，可献血次数比普通的多。

"你为什么那么想献血？"

"我这种人，活着也没用，只能献血助人。"

"朝日奈，虽然我不太了解你，但你要努力活下去哦。而且，不是还能吃献血甜甜圈吗？"

山田真野看了看墙上的挂钟，三点半，她带着"已经这个时间了啊"的表情站起来。

"我得走了。"

我也起身离开沙发。

"我下次可以给你发邮件吗？"

如果她说好，我打算问她邮件地址。

她个子高，但我也不矮，我们眼睛高度几乎一样。山田真野停下动作，目不转睛地盯着我，直到梳成中分直直垂下的光润黑发发梢不再晃动，她仍旧没有回答。从她的表情看不出感情。

"朝日奈。"

她缓缓张开双唇，言语终于出现。

"嗯。"

"你没发现吗？"

"发现什么？"

"这个。"

山田真野伸直指尖，探出左臂。

"止血带啊。"

手肘附近是护士绑的带子。

"不是，更前面，看手指。"

"……这是什么？我不太明白。山田小姐，你手指上有东西？"

"是戒指。"

她左手无名指上嵌着银色圆环。我其实早就发现了，但一直装看不见。她略显尴尬地说："我在咖啡店上班的时候摘了它，你当然不知道。如果你跟我说话是有那种打算，对不起，还有，你知道我现在要去哪儿吗？四点之前，我得去托儿所接孩子。不过，嗯，只是告诉你邮箱地址的话，我老公应该也不会生气吧？你觉得呢，朝日奈。"

2

结婚即为契约，乃男女成为夫妇关系，于社会、经济层面相结合——参加我哥婚礼时，我这么想过。我哥的女朋友身穿洁白婚纱，与父亲并肩走过红毯，站到他身边。神父祝福他们：

你们各人都当爱妻子，如同爱自己一样；

妻子也当敬重她的丈夫。

如今常存的有信，有望，有爱；

这三样，其中最大的是爱。

两人接吻，唱诗班朗声高唱。那天，我数次听到人们口中出现"爱"这个字。

吃酒席时，我觉得婚姻有些可怕。亲朋好友齐聚一堂，花钱为你盛大庆祝，这样一来，就算想分手也很难下决心，会觉得有愧于酒席上祝福自己的人，觉得离婚的事还是再考虑考虑，就此舍弃念头。说不定，这就是办酒席的目的？

经过夸张的仪式，两人缔结契约，成为夫妇，假如太太跟我交往，以寻常观念而言，肯定不道德。不过，交往归交往，也有各式各样。到什么程度尚可原谅？从哪开始不得饶恕？与配偶之外的异性说话就算罪孽吗？共进晚餐是否不得为之？邮件来往呢？若字里行间写了"爱"，是否就会遭到神的惩罚？

吉祥寺站前的口琴街维持着战后黑市的风貌，几家无座居酒屋排成一排，我和哲雄前辈就在这儿喝酒。吧台后的老旧小电视开了就没人管，正在播新闻。看样子出了件老公用猎枪射杀出轨妻子及其外遇对象的案子，播音员正漠不关心地读原稿。旁边一个上班族模样的男人一边看新闻，一边通红着脸摇头。

"人不能出轨啊。你也同意吧？"

男人左摇右晃，拍拍我的肩。我两肘撑桌，低头看酒杯，透过低垂刘海的缝隙，我看见芝麻烧酒"红乙女"的表面。哲雄前辈声音开朗，替我对男人说："你知道吗？以前，出轨可是大罪呢。"

我盯着杯子，竖起耳朵听他说话。

"叫通奸罪，出轨的妻子和出轨对象会被竹枪刺穿而死。"

哲雄前辈做出竹枪突刺的动作。我呛了一口，弄洒了正在喝的烧酒。

"怎么了，朝日奈？"

"烧酒……呛进气管……"

喉咙痛得像燃烧，我咳嗽不止，屈身强忍。

"喝点水。"

"不用，没事。"

和竹枪相比，这点痛算什么。我在心里嘟囔。

哲雄前辈是我刚来东京时认识的朋友，是打工地方的前辈。当时的印象残留至今，我仍然叫他前辈。他现在三十岁，在房地产公司工作，坐中央线去新宿上班。这几年杳无音讯，我还以为我们缘分已尽，不久前却又开始一起喝酒了。他性格开朗，活得多姿多彩。

事情发生在五年前，我交了个女朋友，却因性格不合而很快分手。最初明明彼此喜欢得不得了，人心实在善变。我通常放任关系自生自灭，这回却破天荒地选择说清楚后分手。结果，那女孩变身跟踪狂，我打工时天天找哲雄前辈商量怎么办。某天，我和新任女友一起回家，开门一瞧，房里有她。什么时候配的钥匙啊？她一边低声咕哝对我们的恨意，一边攥着菜刀在屋里徘徊。

我没被砍，但还是报了警，跟新女友也吹了。我被迫辞工，被赶出公寓，身无分文，只有回老家这一条路。就在这时，哲雄前辈对我说："找到新房子之前，就住我家吧。我有空房间，也不想看见上京逐梦的家伙回乡下。"

秋日某天，我变卖家产，拎着个剧团朋友给的睡袋就滚进了前辈家。不过到头来，我只待了一周左右。

短期内就找到下一处房子，只能说是幸运。说出搬家地址时，哲雄前辈相当无语。

"你这人……你这人……我没别的话可说了……"

我在新的打工职场认识个女孩，告诉她"我现在是这么个情况"，她便说"来我家吧"，红着脸表示"反正我一个人住"，兜圈子表了白。说实话，我犹豫过，想过这样算什么，想着我们认识才几天就考虑同居算怎么回事。如果答应，是不是就把女孩当成了方便的道具？会不会把她也卷进跟踪狂的威胁？但在我提及跟踪狂的危险之后，她还是说"可以来我家哦"，说"我前男友也在干跟踪狂一样的事，跟男生住比较放心"。此外，我风闻跟踪狂女生在她北海道老家疗养，觉得应该没事了。

结果，我住进了新女友家中。对了，理由还有一个，在哲雄前辈家里当食客，我总觉得对不起他女朋友。前辈当时顾虑我，不带女朋友回家，约会回来也只在公寓门口道别。我在公寓楼梯撞见过这位女朋友一次，那可真是尴尬。我低着头快步通行，前辈女朋友投来针扎似的视线。走过之后，我偷偷回头，旋即奔逃。后来，我存好钱，在吉祥寺站步行半小时可达的地方租了房，开始独居。历经种种挫折，我跟收留我的女朋友也失去联系，长到了二十五岁。我至今没找工作，靠打零工维持生计，生活正如着火车辆，车轮卷着熊熊火焰在崖边飞驰。付不起明天的电费，饭钱也岌岌可危，哪天能吃献血甜甜圈便非常高兴。当然，我觉得这样不行，我也觉得出轨不对。

山田真野的女儿叫远野，像妈妈，是个美女。看着她的五官、脸型和笔直头发，就像在看山田真野的迷你版。顺便一提，"远野"这名字来自柳田国男的《远野物语》。听完这话，我觉得远野这女孩就像天狗、河童和座敷童子的伙伴。

井之头恩赐公园池塘桥上，我屈膝与她视线齐平。樱花虽谢，周六白天天气晴朗，还是有很多人来公园，狭窄的桥很拥挤。

"你几岁了？"

我问远野。她一脸为难，仰头看了看母亲。她左手紧抓山田真野的牛仔服，仿佛说着"哪儿都别去"。

"远野，你几岁了？"

山田真野一问，她女儿便盯着自己右手，表情认真，笨拙地弯曲拇指和小指，向我展示三根手指。一旦松懈，无名指好像也会被小指带弯。

人群喧哗，掌声响起，远野吓了一跳，泫然欲泣。我四下张望，想看看出了什么事，只见人们驻步桥上，仰望飞鸟。旁边的人在给池中鲤鱼和水鸟喂面包屑，头顶的鸟突然下落，擦着水面，优美地叼住面包屑，掌声再次响起。

这座公园约有三十八万平方米，巨树扎根地面，神殿柱子般耸立。有人在树下铺开塑料垫，贩卖自制首饰和明信片，有人在演奏乐器，有人在变戏法。休息日总是热闹得像祭典，我们一边散步，一边快乐地观看人群。

远野停下脚步，开始推动巨树树干。她表情严肃，仿佛充满了使命感。山田真野看着她，喃喃道："住四国老家的时候，长树的地方不少见，不用特地来公园。"

她体型苗条，看不出生育过孩子，说平常在商店当店员，偶尔打工当杂志模特还比较有说服力。话说回来，远野一脸认真地推树推个不停，我不懂这番行动有何深意。

我们走进散步道途中一家玻璃墙的半开放咖啡店，点了鸡蛋、火腿和芝士的法式薄饼，正等上菜，一群主妇带着狗进了店。远野对狗好像很感兴趣，抓着扶手让自己在椅子里坐稳，一直盯着那边。

"朝日奈，你现在做什么工作？"

"开口就问这么沉重的事啊。"

"沉重吗？"

"我失业了，打工的店倒了。"

"怪不得，不管什么时候发邮件，你总是马上就回。"

　　我和山田真野吃了薄饼，她用叉子抵住切下的小块，移到远野专用的小盘子里。这时，她无名指上的银色戒指反射着明亮的阳光，闪耀夺目。我想喝口杯里的水，却发现不知何时喝光了。

　　我们用手机邮件交流得很顺利。我不知道她怎么看我，但在邮件交流中有几个发现：她写邮件会用颜文字，剪刀手用得尤其多；她名字读作"maya"，却让人叫她"mano"；她今年二十六岁，跟我只差一年；工作日，她早上送女儿去托儿所，在吉祥寺的咖啡店工作到傍晚；工作日偶尔请假，出门购物玩乐；周末女儿在家，她不能上班。

　　"明天我想带女儿去吉祥寺散步。朝日奈，你也来？"

　　"请务必让我奉陪。"

　　"太好啦！"

　　如上邮件交流发生在昨晚。

　　与薄饼碎片格斗的远野突然有所发现，拽着母亲的袖子，好像有话想说。山田真野凑近耳朵，远野便说悄悄话似的用一双小手挡住嘴角，小声说了什么。山田真野满脸慈爱地回答女儿："爸爸今天也要上班。"

　　井之头恩赐公园一角，有个地方叫井之头自然文化园，类似所谓的动物园。我们离开咖啡店，付了门票钱，走进井之头自然文化园，看了山羊、浣熊、猕猴等动物。工作日没人时可以独占动物观赏，今天却有许多拖家带口的人，拥挤不堪。靠近笼子或栅栏，动物独特的香味便飘洒而出，我并不讨厌。山田真野时而拉拽远野的手，时而把手放在害怕的女儿背上，时而举高她，让她看清动物。我在后方稍远处看着这幅景象。我的手机照相功能强大，能实现数码相机级别的高精度摄影。想着留个纪念，我拍了她们的照片。

"我每次来都会想，这对面是住宅区，自己家背后就有亚洲象睡觉生活，住那儿的人是什么感觉？"

山田真野在我咫尺间说。距离近得能看见她睫毛上的睫毛膏黑颗粒。水泥沟渠对面，满是皱纹的巨躯一直纹丝不动，宛若摆件，但应该还活着。大象这家伙，实乃一种悠闲自在的生物。

"风往那边吹的时候，应该会闻到味道吧。"

这仿佛住宅区正中央有个动物园。早上是不是还会被象的叫声唤醒？当真美妙。我低头看着远野，问："你喜欢大象？"

她躲进母亲身后，浑身紧张感高涨，像看可疑分子一样看我。我们看了一会儿，但大象一声没叫，只用鼻头把玩稻草。

井之头自然文化园还有个小游乐园。远野在那里乘坐玩具，看见母亲会笑，看见我却明显会移开目光。坐那台投进一百日元硬币就会上下晃动的玩具警车时也一样，我朝她挥手，她低下了头。见女儿和我这样，山田真野双手捂住细瘦的腹部。"哈哈哈哈"，憋笑失败的她显得很滑稽。我心碎一地，投去指责的视线，山田真野恍然惊觉，往后扭头。

"啊，小卖部在卖甜酒，我去买点儿，远野交给你了。"

她打算抛下我和远野，我慌忙阻拦。此时此刻，如果和远野单独留下，我完全不知如何是好。对方可是个三岁小孩，而且是女孩，太棘手了。况且，我是无职成年男性，远野哭起来求助附近的人，警卫过来抓走我——这画面能想象得活灵活现哦。

我不想放跑山田真野，仓促间抓住她的手腕。山田真野面朝小卖部，手腕被抓的胳膊如棍子般伸得笔直，跟我手牵着手。她腕上戴着条细细的手链，我手心是链子冰冷的触感。视野角落，远野乘坐的圆乎乎"警车"正在缓缓起落。山田真野扭头看我。

"骗你的，开玩笑啦。"

山田真野说。这时，"警车"停止，远野战战兢兢慎之又慎地走下阶梯。她大概在玩具上看到了我们，就着跑过来的势头直接抱紧母亲的腿。山田真野"嗯"了一声，晃了晃。我放开她的手腕。

"刚才抓我手腕时，朝日奈，你紧张了？"

"那种接触，实在……"

"在店里，指尖不是偶尔会碰到吗？找你零钱的时候。"

"是吗？"

"我记着呢。"

山田真野挠着女儿的后背，说话时没看我。"乖哦乖哦，很害怕吧。"她轻声对远野说。

快到下午五点闭园时间时，我们离开井之头自然文化园，朝车站走去。太阳西斜，天空放出橙色光芒，我们的影子又浓又长。远野走累了，刚被妈妈背到背上就睡着了。"现在没问题。"山田真野如同传递行李，让我抱住远野。远野很轻，软体动物似的挂着，完全没有醒来的迹象，身上散发出牛奶的气味。这孩子体内流着山田真野的血，不可思议。

背着夕阳，浮在公园池塘里的鸭子船仿佛剪影画。小船晃得水面波光粼粼，倒影里的落日无限闪烁。我们放慢步伐，眺望风景。

"今天谢谢了。"

"我才该道谢。"

我一边寻找抱远野的合适姿势，一边回答。如果抱得不好，她的脑袋就会脱力后仰。

"她会不会告诉爸爸，今天和不认识的大哥哥一起玩了？"

"欸，远野没跟你玩啊。"

"那确实也是。"

"没事啦，我会蒙混过关的。"

"蒙混，也就是说，你要骗你老公略。"

"你别说得这么直白。"

"小小的谎言，或许会成为美满夫妇关系破裂的契机。这非我所愿。"

"别擅自决定我们是美满夫妇。"

我站住不动，她也停下脚步。我们略一交换视线，再次走动。远野在我怀里扭来扭去，但还在睡。

“你和老公处得不好？”

“多嘴。”

“这怎么行啊。多跟他聊聊吧，他会出轨哦。”

行走中的山田真野斜眼瞪了瞪我，但又立刻放松嘴角，似乎乐了。

“笑什么呢。山田小姐，你可能正面临夫妇危机哦。”

“再说我就揍你。”

山田家的话题到此为止，我不太想打听她跟老公的关系，太浪费时间了。井之头公园就在吉祥寺站旁边，距离这么短，走路时至少该聊点别的开心事。

下次什么时候献血？献血室里的《怪物》漫画是谁放的？献血室吉祥物的耳朵是血滴造型，究竟是哪个天才设计的？我们认真地讨论了以上话题。第一次有人能聊这些，我很高兴。

抵达吉祥寺站南口时，天已经黑了。餐饮店点亮招牌，公交开过人潮拥挤的窄巷。我把远野还给山田真野，她背着女儿，直截了当地问：“你不演戏了？”

“什么？”

“很久以前，我在小剧场见过你。你在演戏吧？”

我给不出圆滑的回答。

“再见啦。”

她乘上通往检票层的电梯。我站在原地，目送山田真野和远野的背影。

3

我跟老家的哥哥通了电话，他跟我说了父母的状态和变化的情况。已经很久没人问我什么时候回去了。跟我哥说着话，我想起了结婚典礼。

如今常存的有信，有望，有爱；

这三样，其中最大的是爱。

这是神父引自《圣经》的内容。我哥和一名女性缔结了婚姻契约。我尝试想象他跟嫂子以外的女性出轨，感觉意外的恶心，而其中肯定有"你得到那么多祝福还做这种事"的失望。这是对《圣经》所写的"爱"的背叛，是给"最大的"存在抹黑的行为。信仰和希望统统破碎，所余唯有憎恶。

想着想着，不知不觉，我和我哥打完电话，迷迷糊糊看起电视。我漫无目的地换台，想起了献血室里摆弄有线电视频道的山田真野。她躺在床上，抬起没插管的胳膊，食指弯曲如弓，摁下换台按钮。匀称协调，如绘如画。

"外遇和出轨，在法律上叫不贞。"

电视正在播法律咨询主题的综艺节目，内容是嘉宾请律师倾听烦恼。

"所谓不贞，指的是违反夫妇之间守节义务的通奸。只有与配偶以外的异性发生过性交后，才能索赔抚恤金。牵手、接吻不算不贞，不能索赔抚恤金。"

今天节目的主题，好像是有关外遇和离婚的官司。我拿铅笔记下了电视里律师说的话，考虑到自己现在的情况，这跟我不无关系。

发生性交才算不贞。我认为这是重要关键词。从哪开始算外遇，截至何处不算？心境里画不出界线，法律世界则把线画在了这里。

"婚姻期间越长，抚恤金越高，大抵在一百万日元到五百万日元之间，几乎没有超过一千万日元的案例。要求外遇对象赔偿损失，额度也在百万水平。"

外遇对象的赔偿，就算找到我头上，我也付不起，得哭丧着脸求老家施舍。未免太丢人了。

"索赔抚恤金，必须具备能够推定性交存在的证据，比如对方和情人一起进酒店的照片。仅凭手机里的邮件，审判时大多不能作为不贞的证据。为了确保不贞的明确证据，不少人委托侦探。"

显示有无性交的证据。

离婚索赔抚恤金，统统在此一举。

之后，节目特辑通过几个情景重现视频介绍了外遇出轨者的行为模式。例如，车子烟灰缸里的烟头不是配偶抽的牌子，副驾坐垫位置变了，这就有外遇的可能。手机总不离手，洗澡上厕所也要带着，这也很可疑。

节目结束时，手机响起了收到邮件的旋律。

寄件人是山田真野，内容是明天的集合地点。

她去咖啡店打工前，或者打完工去托儿所接远野的短暂时间内，我们会在吉祥寺站一带见面，有时两天连续，有时好几天不见。见了面也不一定做什么，有时去东急百货屋顶的宠物卖场看狗，有时去PARCO旁边吃章鱼烧，有时一起逛杂货铺，还去她上班的咖啡店看过书。她很担心我的钱包，那里咖啡定价对我的钱包过于苛刻，她发现了。

和山田真野在吉祥寺散步很开心。说话时，我会忘记她已经跟人缔结婚姻契约的事实，不过，《圣经》的话偶尔还是会掠过脑海角落。脑中，电视听来的知识和哲雄前辈在无座居酒屋模仿通奸罪处刑的样子若隐若现。

吉祥寺有家铺子叫佐藤肉店，为了买他家的松阪牛肉炸肉饼，总有百来号人在排队。那天，我和山田真野站在队尾附近。她偶尔会散发出好闻的气味，但立刻就被肉饼香气盖过。

"四国旅游怎么样？"

"见到远野，我爸妈很高兴。"

黄金周期间，山田一家三口回了她的四国老家探亲。顺便一说，她父母是当地有名的权威大地主，住在东京无法想象的大房子里。

"我是独生女，老家现在只有爸妈，我爸身体最近好像不太好，如果能更常回去就好了。"

队伍前进了一点。我以企鹅行走的步幅前进，与山田真野肩头相碰。

"朝日奈，你黄金周干吗了？"

"跟邮件里写的一样，打工。"

不久前，我开始在吉祥寺站大楼的RONRON打工。

"还有呢？"

"去鲍斯看电影。那里刚好在搞爆音电影节。"

鲍斯是吉祥寺一家名叫鲍斯剧场的电影院。

"真好。我听说了，还没去过。"

鲍斯剧场有一般电影院没有的演唱会音响设备，用这些设备体验比平常大声的电影的活动，就是爆音电影节。

为了省电车钱，我过着深居吉祥寺不出的日子。这地方基本什么都有，有时尚杂货店，有巨大的友都八喜，至于画漫画用的网点纸之类的道具，去汤泽屋就能买到。对了，这里还住了很多漫画家，我偶尔会看见画恐怖漫画出名的楳图一雄老师，看见了就能高兴一天。

"打工很忙？"

"我在努力工作。"

"那或许不能常见啦。"

我们沉默片刻。佐藤肉店的店员精神抖擞地吆喝。我瞟瞟山田真野，只见她清晰勾勒头部圆弧的细软直发因重力拉拽而笔直垂落，她垂着眼睛，更显睫毛修长。

"你在想什么？"我问。

她仍然垂着眼，回答："想快点吃炸肉饼。"

"我也是，想吃炸肉饼。"

队伍又前进了一点。不知不觉，我们身后也排起长队。

"爆音电影节好玩吗？"

"可好玩啦。对了，下次去看话剧吗？我有推荐的剧团。"

"好啊。"

我包里装着话剧传单，当场就确认了日程，却总找不到我们能同时看剧的时间。周日倒是两人都休息，但她周末得照顾远野。带三岁小孩去看话剧可不怎么样，如果她在演出途中哭了，会打扰大家伙儿的。

"先不说能不能去，我想去。你现在还在关注话剧？"

"嗯，还挺好奇的。"

"现在还跟剧团朋友见面吗？"

"有个关系好的后辈，偶尔会一起玩。"

炸肉饼近在眼前，队伍却迟迟不动。

"东京的小剧团多如繁星，对吧？这么多剧团，我偶然看到了你演的剧，概率超级惊人啊！而且，我还模模糊糊记住了你的长相。"

她和朋友看过我还在剧团时演的舞台剧，听她所言，我确实演了她看的那出戏。这如果是偶然，几乎都算奇迹了。

"那个剧场很小呢。"

"因为我们是无名小剧团啊。"

"观众席离舞台那么近，吓了我一跳。眼前那么近的地方就有人演戏，很有冲击力啊。你常来咖啡店的时候，我就觉得在哪儿见过你，以为是电视上见过的艺人，毕竟你长得这么好看。"

奇迹。我在心中喃喃。

所谓奇迹，真有那么容易发生吗？

"朝日奈，你都不演戏了，怎么还住在东京？"

山田真野的提问正中要害，我琢磨着怎么回答，沉默就此拉长。这地方不仅排起长队，行人也多，附近有手机店，那边店员也在吆喝，各种声音挤塞在楼宇间，回荡在我脑海里。

我为什么在这儿？她说的对。我来东京是为了当演员，既然退出剧团，就没理由继续待在这儿，但我还住在吉祥寺……

"因为没能回去，我错过了回老家的时机。"

听我这么说，她放松地呼了口气。

"你一直不说话，我还以为惹你生气了。"

"没生气，是在思考。"

"我都慌了。"

不知不觉，我们牵起了手。一牵才发现，这极其自然，前后都没什么变化。我们只在买炸肉饼时松了手，之后又牵到一起，仿佛很久以前就开始这么做，不这么做时，走路总觉得不自然。我们似乎前进了一步，然而，马上又还原了。

第二天，我感冒了，原因不明，可能是不该穿薄衣服走夜路。早上钻出被窝时，我脑热乏力，请了假，一整天都裹着被子看电视。这种时候收到山田真野的邮件，我很高兴。我在被子里敲敲打打，发出没有具体含义类似近况报告的单行邮件，有回信了就看，然后再发，再看回信，如此重复。我舍不得花钱去医院，感冒拖拖拉拉拖得老长，就这样到了周六。

从友都八喜旁边的小路往东，就到了吉祥寺剧场。那天，山田真野留下远野在家，独自一人来了。听她说，她老公今天会照顾远野。太稀奇了，她说。我在咳嗽，她担心我的身体，问了好几次"没事吧"。

话剧很好看，但我感冒还没好，恶寒时而贯穿全身，脑袋昏昏沉沉，不知道自己在看戏还是在做梦。说到底，我的人生和戏剧有什么区别，截至何处是演技，从哪开始是真心？这谁都说不清吧。先暂且不提这点，我今天就不该来看剧。感冒病毒说不定传给周围所有人了，我怎么就没想到呢。我后悔不已。

戏演完了，走出吉祥寺剧场一看，已经彻底入夜。楼宇空隙间的天空黑若涂墨，不见星辰。

"晚饭怎么办？"

"我想跟你一起吃。"

我不是没想过在感冒传染前跟她道别，自己待着，然而，看到她略带羞涩的表情，就想再跟她多聊聊。我隐约感觉到，我喜欢跟她在一起。

她打电话回家，问老公自己能不能在外边吃了再回去。我到此为止都很开心，觉得初次共进晚餐一定很美妙，分不出头晕是因为发烧，还是因为跟山田真野在一起。然而，挂断电话后，她一脸忧虑。

"怎么办，朝日奈？"

她不安地皱起眉，看着我。

"他说我可以在外面吃。"

吉祥寺剧场门口人行道上，她站着一言不发。看完戏的人离开建筑，散开走远。

"他以为我在跟女性朋友看话剧。他说自己平时只顾工作没法陪我，所以帮忙照顾远野，还说远野的晚饭他也会做。怎么办，朝日奈，我罪恶感好重？"

她微微低着头，再次仰起脸时，她说："我今天先回去了。"

我们慢慢走向车站，没说话。

她家离吉祥寺有几站路，是怀远野时买下土地，委托建筑商修的独栋。她即将回到那个家，烹制老公、女儿和自己的晚饭。举办婚礼时，她也听过《圣经》里的句子，听到"爱"这个字，和成为丈夫的男性一起在神父面前宣誓——发誓"永远不背叛对方"了吗？

想着想着，我脑子烧得神志不清，拼命撑住眼皮别软绵绵耷下去。柏青哥店霓虹灯或粉或蓝地闪烁，酒馆和可疑店铺的招牌比平时更亮，裹着圈朦胧的光晕。我身体摇晃，感觉地面很软。

我看向山田真野的侧脸。她的发丝随脚步晃动，露出白皙耳垂上的耳环，她在害怕，一脸随时会哭的表情。我从没看过她这种表情，是因为她对老公感情很淡吗？所以跟我见面也不后悔。但现在不同了。

头痛与反胃一拥而上。我想当场蹲下，跟个喝了通宵的醉鬼似的大吐一场。漆黑夜空径直化作浓密黑暗，填满建筑间的缝隙。周围嘈杂喧嚣，我却烧得脑袋迷糊，听不懂人话，仿佛迷路迷到外国。背着餐饮店漏出的灯光，行人看似剪影。一对肩并肩的男女黑影自前方而来，穿过我和山田真野之间。

我知道我该做什么。

比谁都明白。

终于到了吉祥寺站，白色日光灯照亮了JR进站口。人群摩肩接踵，为免挡路，她站到墙边，拿出装西瓜卡的卡套。

"谢谢你陪我看剧。"

我靠在墙上，冲她笑了笑。笑容肯定很虚弱。

"是我邀请你的。"

"早点治好感冒哦。"

"好。"

她坦然凝视我，说："我们暂时别见面了。"

山田真野抿紧嘴唇，给我一个背影。她穿过闸机上楼，一次也没回头。

我犹豫着要不要去她打工的咖啡店，一周就这么过去了。发邮件她不回，打电话她不接。我退了烧，身体状况却一直欠佳。

不见山田真野，我多出大把时间，读书也集中不了注意力，总是昏昏欲睡。睡眠时间增加，在家时似乎总在被窝里。一天只有一餐，吃的是便利店买的便当，挑都懒得挑，总拿同一种。

有力气工作之后，我过起了在单间公寓和打工店铺之间来回的生活。晚归的日子，我看着星星走在住宅街上，想起了山田真野和远野。

我想跟哲雄前辈商量商量，约了他晚上在井之头公园入口的烤串店喝酒，他却带来一名据说是公司朋友的年轻女孩。我觉得当着她说这些不合适，没开口。我假装去洗手间，到店外给山田真野发了邮件。我知道她不会回。我想回店里，却看见哲雄前辈和所谓公司朋友的年轻女孩在接吻。我偷偷用手机拍了他俩的照片，就这么留在外面。

烤串店喷出大量烟雾，人们穿过烟幕，走在暗了的路上。

"你也加油啊。"

离开烤串店，哲雄前辈往我手里塞了一万日元纸币，我还在犹豫要不要收，他已经迈开了步。我以为他要去车站坐电车回家，但我想错了。他和所谓公司朋友的女孩朝我挥挥手，消失在吉祥寺东亚票房联盟的电影院背后，我也跟着去了。

不久，六月到来，我已痊愈，随时都能去献血。入梅前夕，山田真野给我打了个电话。距我们中断联系已有两周，是个周六晚上。

4

人生常有意外之事。我在自己房间真切感到了这个道理。我让三岁小女孩在我平常睡的被窝里睡觉，庆幸前几天天气好时晒了被子。剧团后辈给的落后时代的显像管录像电视正在播深夜节目，为免吵醒远野，声音开得很小。所以，我能清楚听见山田真野洗澡的声音。

两小时前。

我打完工，正想回自己家，手机响了，液晶屏显示的是山田真野的名字。

"喂？山田小姐？"

"朝日奈……"声音有气无力，"我现在在吉祥寺阳光路入口的麦当劳，能见一面吗？"

晚上十点一过，商店街铺子拉下卷帘门，弹唱吉他的年轻男子在各种地方大展歌喉。山田真野和远野并排坐在麦当劳地下一层的桌边。远野本来在玩欢乐儿童餐送的小女孩玩具，一见我来，立刻把脸贴在母亲胳膊上，藏了起来。

"你好。"

我坐在山田真野正面。她跟之前见面时一样，是个高挑苗条的美女，如果没带女儿，可能会被窝在麦当劳里的年轻男人搭讪。

"突然联系你，对不起。"

她挠着远野的背说。桌上摆着超值炭烧咖啡，还没吃就冷掉的薯条，以及远野的果汁。

"真是的，至少让我做好心理准备啊。"

"我还想请你帮个忙。"

"只要不借钱，什么都行。"

"太好了，放心了，我还以为你肯定会拒绝。"

"幸好我是个心胸宽阔的男人。"

"那就走吧。"

山田真野牵着远野的手，准备站起来。

"去哪儿？"

"你家。我包里只有一千日元……也没有其他人能依靠。"

从车站往成蹊大学方向走，就到了我住的公寓。远野一开始自己走，后来让妈妈背，然后直接睡着了。我边走边听了大致情况。她跟老公吵架，带着女儿冲出了家门。

"为什么吵架？"

"放心吧，你的事没露馅——他明明也不迟钝啊。不过，应该还是隐约感觉到了什么。"

她没说跟老公吵架的理由，但导火线好像是无聊的争执。

"我家经常这样，他不打人已经算好了。"山田真野说。

我住的两层公寓楼龄很长，一楼拐角房间门上贴着用魔术笔写了"朝日奈"的门牌，玄关外摆着洗衣机和捡来的伞。我打开门锁，正想请她们进屋，山田真野的手机响了。

"大概是我家那位。"

她背着远野，从兜里掏出手机，清清嗓子，故意板起脸，低声对电话那头说："喂，是我。干吗？"

公寓门口，她站在我平时洗漱的地方跟老公通电话。这幅画面诡异而怪诞。我脱掉鞋，打开走廊电灯。说是走廊，一面墙上却装了水管和煤气炉，兼作厨房。房门开着没关，山田真野的声音传进来。

"并没有。嗯，对。现在？在吉祥寺的朋友家里，远野也在一起。我打算在这儿住一晚。"

山田真野洗完澡出来，穿着我借她的运动服。别人借我裤子穿经常尺寸不合，得卷起裤腿，她穿着却正合适。她头发湿润，血液循不变好了，肌肤染着粉色。我第一次见她没化妆的样子，但或许是因为皮肤有光泽，感觉更健康了。她用衣架挂起之前穿的衣服，看看被窝里远野的睡脸，随即开始翻阅书架上的小说和口袋书。我坐在榻榻米上，后背靠着墙。

"房子很小，不好意思。"

"感觉很舒服。房租多少？"

我说出月租价格，她惊叫："好便宜！"

"这是什么？"

山田真野发现我扔在房间角落不管的大号笔记本，想拿起来看。

"哦哟，不好！"

我横掌夺本。这本子我在当备忘录用，不能让她瞧见我前几天边看法律咨询综艺边记的笔记。里面列着不贞、抚恤金之类字眼，让她知道我记了这些知识，那可羞死个人。我抱紧本子，严防死守，山田真野反倒露出被激起好奇心的表情，向我靠近。

"这是什么？日记？"

"错。"

"有少儿不宜的东西？"

"大错特错。"

"给我看看。"

"不要。"

一听这话，她嘴角浮现坏笑，想使蛮力抢走我手里的本子。"给我看！""不行！""为什么？""不为什么！"的交锋不断重复。我蹲地拦防，山田真野手脚并用，强行逼近，肌肤相亲却毫不性感，吵闹中，一分半时间过去了。

被窝耸动，远野醒来。我伏贴地面，山田真野骑在我身上，就此停止动作。远野揉揉眼，表情茫然地盯着我们。数秒之内，无人出声，沉默降临。没一会儿，远野轻轻打个哈欠，扑通躺倒，若无其事地发出睡眠中的平静呼吸。

山田真野蹑手蹑脚地缓缓离开我，面朝电视在地上抱膝而坐，摆弄起用胶布粘牢坏电池盖的遥控器，遮羞似的清清嗓子，漫无目的地更换频道。

"不小心坐你身上了。"

"真不小心啊。"

我走出房间，把笔记本藏在玄关洗衣机的脏衣服之间。

我们边看深夜综艺节目边喝烧酒。手边放着大号纸盒装烧酒，我们并肩席地而坐，看对方酒不够了就添上。我拿出柿种下酒，山田真野却只吃花生，于是我训她："吃柿种，只吃花生的人，我不喜欢。"

"啊，我喜欢这个广告。"

她无视我无视到了干净利落引人敬佩的程度，继续大嚼花生，脸颊鼓得像松鼠。

"朝日奈，酒量很好嘛。"

"山田小姐才是。"

她醉得左摇右摆，意识倒还清醒。

"什么啊，真无聊。"

说着，她前仰后合。

醉了酒，山田真野眼睛红得像在哭。有时我俩都不说话，电视也安静无声，单间便略显紧张。远野睡在同一间屋里，我们不可能凸现奇怪的状况。想归想，她却会在我起身时肩头耸动，似乎要略加防范，抱着膝盖的手也用力勒紧。相反，一听到她那边传来衣服摩擦声，我就会战战兢兢地看向她，发现她只是换个坐姿，就会大松一口气。墙上挂钟嘀嗒作响，时间流逝得似乎比平常慢。

山田真野手脚修长，她没穿袜子，我用余光便能瞥见她修剪整齐的趾甲。她缓缓伸出运动裤包裹下的一条腿，用趾尖戳戳我横在榻榻米上的小腿肚。

"朝日奈。"

她叫我。

"在。"

我假装冷静地回答。她整个身子都转向我。

"你对结婚有什么看法？"

"结婚？"

"嗯。到现在为止，你没有跟谁结婚的机会吗？"

只是闲聊。我感到一种沮丧的安心。

"遇到过跟踪狂，但没被求过婚。"

我这个人，就算谈恋爱，关系也常常会在不知不觉间变淡，就此破镜难圆。我从没构建过以结婚为前提的亲密关系，性格契合如拼图碎片的对象实在难寻。

"结婚这种事，我做不到。"

"是吗？"

我扭头看看睡在被窝里的远野。

"山田小姐，远野体内有一半你的血。"

"嗯。"

无可奈何，结了婚就会有这种事。

我此前从未注意"血缘"一词。某种意义而言，结婚或许就是允许血与血交融的契约。

"我的血只会变成鼻血，白白流走。"

"那确实是没用的血。不过朝日奈，你要是跟人求婚，应该能轻松结婚。"

"大概马上就被踹了。"

"不会啦，你是个好人。"

"我不是好人，我有自觉。"

"我喜欢你哦，朝日奈。"

山田真野低着头，不让我看脸。她耳朵有点红。

过了两点半，我们看腻深夜节目，开始看电影录像带。今时今日竟没有DVD播放器，她很吃惊。

"看什么电影？"

我拽出壁橱里的纸箱，问道。箱子里塞满录像带，带子里用三倍模式[1]录了无线频道播的片子。

1　录像机的一种功能，可以录制时长三倍于录像带固有容量的影像，但画质会相应降低。——译者注

"随便。"

我打算抽签选择，手伸进纸箱，抓了卷带子抽出来。标签上写着《性、谎言和录像带》，我假装无事发生，挑了挨着它的《第一滴血》开始播。

"欸——偏偏是《第一滴血》啊。"

山田真野一边表达不满，一边啜了口烧酒。她语气几乎变成大叔了。

"你看过？"

"就是那个吧，动作电影，肌肉的，好像很厉害。"

似乎没看过。

周五剧场的夕阳片头播完，正片开始了。

"呜、呜……好可怜啊……兰博……"

开场半小时左右，山田真野泪水滂沱。我本打算随便看看片子说说话，她却被越战老兵夺去心神，完全没工夫聊天。我递给她条毛巾，她擦了眼泪。兰博孤独的战争告终之时，窗外已经泛白。无线频道剪掉了制作人员名单，在放以前的广告。我问她有什么感想。

"这部电影最好的地方，朝日奈，就是兰博一个人都没杀。"

她确凿地说。我同意地点头。她只看一遍就注意到了这点，真敏锐。

山田真野在洗脸台洗了脸，用新拆的牙刷刷好牙，在远野旁边钻进被窝。

"这就是朝日奈的味道啊。"

她用被子盖住脸，发出"嘶——哈——"的吸气声。不到一分钟，吸气声就变成了安稳的梦中呼吸。

我只有一床被子，但还有在哲雄前辈家仅用过一周的睡袋。我钻进去，意识模糊却睡不着，就算闭上眼，回过神也会发现自己在思考。这种状态一直持续，我看看挂钟，不知不觉已经过了八点。

我起了床，浑身还留着烧酒醉意，身体摇摇晃晃。我留意着别吵醒被窝里睡觉的母女俩，洗了个澡，看了看手机，有好几封邮件、好几通来电。我看了邮件，开窗给室内换气。为免光线晃到她们，我拉着窗帘往外看，看见一片阴天。

八点半左右，我又想钻进睡袋，但被子动了，远野醒了。她揉揉眼，盯着鼓风摇晃的窗帘，然后与我四目相对，表情呆滞。

"喝点东西？"

我小心翼翼地问。远野点点头。她没睡醒，警戒心淡了，没像平时那样躲着，而是双手接过我手中装了麦茶的杯子，含着杯沿，一边注意别弄洒，一边喝了起来。

此外，远野指着电视看着我，好像有话想说。是想让我打开吧。我接通电视电源，换了台。正在播一部叫《光之美少女》的动画，是小女孩喜欢的那种五颜六色的动画。远野坐在母亲还在睡觉的被窝上，表情严肃地观看《光之美少女》。我也一起看着电视，在主角变身之类的场面尝试跟她交换视线。

十点过，远野边看《龙猫》的录像边打瞌睡，山田真野则睡醒起床了。她惊讶地看着坐在我旁边的远野，静静地笑了。

山田真野在洗漱间换装期间，我和远野一起看了《我们这一家》的录像。《我们这一家》角色里有个长得像半鱼人的妈妈，她一出现在屏幕上，远野就两眼发光地靠近电视。

"你喜欢这个妈妈？"我问。

远野盯着屏幕，严肃地点点头。

山田真野化完妆，换好衣架上挂的衣服，回到房间。

"好了，回家吧。"山田真野说。

今天是周日，她老公应该在家。她似乎打算先回去跟他谈谈。我决定送她们到吉祥寺站，三人一起找地方吃个饭。

大家都做好出发准备后，山田真野走向玄关，我拦住她，从玄关拎起她的靴子和远野的童鞋，回到单间，打开朝向公寓背面的窗户。我房间在一楼，可以直接从这儿出去。

"走这边。"

"为什么？"

"哎，都无所谓嘛。"

公寓背后有个晾衣服的小院子，无人打理，杂草丛生。我们忍着往脸上撞的小飞虫，穿好鞋出了门。

穿过院墙缝隙和另一栋公寓的地盘，我们来到一条昨天没走过的小巷。空中云层密布，看颜色像随时会下雨。风中也夹杂着湿气，这样一来，我想起梅雨快来了。

我们在住宅区里往吉祥寺站方向走。山田真野牵着女儿的手，远野步幅很窄，我们配合她，缓缓前进。不久，我们来到杂货店林立的小路，行人多了起来。休息日比平常拥挤，推婴儿车的家族和遛狗的人很显眼。超小型公交勉强避开招牌之类的障碍物，驶过狭窄的巷子。这是武藏野市运营的社区公交，穿梭在住宅区之间，票价一百日元，覆盖了普通公交进不去的地域。搬来吉祥寺之前，我甚至不知道这种交通工具的存在。我搬来这里，是受了收留我的女孩的影响，她常说，自己的梦想就是某天住进吉祥寺。

东急百货背后是个木地板广场，地上摆着星巴克的桌子。我打算从旁经过，山田真野问："你不想被邻居看到？"

她在说刚才出公寓时的事。我还在犹豫如何回答，她已经继续道："你不想让人看见我们进出玄关，所以走后面？"

"不是。"

"那是为什么？"

"如果走正面，山田小姐，你会被拍照的。"

山田真野停下脚步。远野牵着妈妈的手，不解地抬头看她。

"你是说，我老公其实发现我们的事了？他找了兴信所之类的地方监视我的行踪？"

我摇摇头。

"用不着兴信所和侦探。但你说对了，你老公知道我们的关系。"

她困惑地呼了口气，回头看着摆在木地板上的星巴克餐桌。

"……吃点东西吧，边吃边说。"

我们排了星巴克的队，买好咖啡、三明治和饼干，坐进户外席。

木地板凉台席上挤满客人，休息日白天，哪家店都很挤。云朵流动飞快，我用咖啡杯压住纸巾，免得它被风吹跑，强风吹拂下，树木像拳击沙袋般摇晃。

我一边啜饮咖啡，一边犹豫从哪开始说。背后来了个人，我只凭气息就隐约明白。山田真野抬头看向我身后，表情全失，静静放下正在吃的三明治。

"爸爸！"远野高兴地说。

我第一次清楚听到她的声音，却是这么个词语，只能说很讽刺。

我回头确认他的脸。

"真野，我待会再听你说，我先跟他单独聊聊。"

他用强忍怒火的声音说完，抓住了我的肩膀，手劲大得造成痛楚。山田真野盯着丈夫的脸，一语不发。

"去那边吧。"

我站起来，指向东急百货后门。他沉默点头。山田真野担忧地看着我们。她和远野留在桌旁，我们走进商场后门，穿过一条短廊，有个受理修鞋的柜台，我们站在柜台前。这里有工作人员专用的电梯，顾客很少来。

"你在想什么？"

他攥住我胸襟。

"怎么不走前门，你没看邮件吗？"

"拍照也没用。昨晚什么都没发生，没有不贞。"

"在你家过了一夜，就算不贞。"

"不论如何，没拍到照片就算失败。这还你。"

我从兜里掏出几张纸币，拍在抓着我前襟不放的哲雄前辈脸上。

5

我和哲雄前辈重逢，是在今年二月。他突然打电话找我，吓了我一跳，毕竟，我们五年没联系了。在他家过了一周食客生活，搬进女孩家之后，我们几乎没有往来。我还以为，我们已经成为仅存于对方记忆里的存在，手机虽然存了号码，却再也不会打给彼此。

我们在落雪的吉祥寺站再会，去音乐酒吧听了一小会儿乐队演奏，又去了家昂贵的居酒屋。前辈请客，我们边喝酒边交流近况。

"你结婚了啊。"

"也有孩子了，是个女孩。"

听说我现在打工店铺的情况和欠佳的财政状况后，前辈语气慎重地说："你想要钱吗？"

"想要啊。"

"我有个好差事，这工作需要你，你很适合。"

"不是传销吧？"

"放心吧，只是让你帮点小忙，仅此而已。"

"我该做什么？"

"出轨。"

"出轨？跟谁？"

前辈含了口日本酒，赏味细品般吞下，说出出轨对象的名字——山田真野，他的太太。

"我们大概不久就要离婚了。"

"原因是？"

"暂时没有原因。"

"暂时？"

"但我们性格不合，几乎不说话。而且，我在跟公司的女孩交往。"

"这怎么行啊！"

"真野还不知道，所以，这不算离婚原因。因性格不合而离婚，这就是我们两口子要走的路，从今往后，我大概得给女儿付十多年赡养费。但我觉得，现在该制定一个战术，也就是让你跟真野出轨。"

我经常被女孩搭讪，哲雄前辈还记得。

"我工作忙，很少回家，回去也没话说。这时，你在真野面前登场，凭你的长相，应该很快就能进入那种关系，我这个当老公的会全面支持。只要真野跟你睡了，计划就成了。离婚契机是真野外遇，我就能找她索求赡养费。她老家是四国的大地主，就算她自己赔不起，她爸妈也会掏钱。听懂了吗？你和真野上床就有几百万日元。我和你没有共同的熟人，对吧？我也没跟真野提过你的名字。没人知道我俩的关系，绝对不会露馅，幸好我们这五年都没联系。"

我被前辈开的价蒙蔽了双眼。自那以来，前辈每次见面都给我几张纸币，那是供我假装偶遇山田真野并和她约会的资金。

"人渣啊。"

剧团后辈兼友人的藤村如是说。离开剧团后，我仍然跟送我古旧录像电视机的藤村有来往，还经常一起玩。

"你们这么搞，他太太好可怜。"

"我当时跟山田小姐话都没说过，跟哲雄前辈倒是欠了人情。"

"人渣啊，朝日奈。没想到你是这种人。"

"我中途发现了，自己是个笨蛋，所以才变成这样了。"

我给藤村看我折断后拔掉的门牙。

已经一周了。我在东急百货一楼修鞋柜台前单方面挨了哲雄前辈一顿揍，断了门牙。警卫立刻赶到，因担心而前来的山田真野照顾了我，远野把握不了事态，哭了。我头昏脑涨，后来的事记不太清，等回过神来，已经在一个类似东急百货应急室的地方处理伤口。

我口滴鲜血地暴露了前辈的计划。我的演出从鼻血开始，到口腔流血落幕。一开始，山田真野不相信我的话，也不相信哲雄前辈在和公司女孩搞外遇。我拿出手机，给她看了我存的两张照片。

那晚在烤串店见哲雄前辈时，我偷偷用手机拍了照。一张是前辈在烤串店里跟女孩接吻的场面，第二张是离店之后，他们在吉祥寺东亚票房联盟电影院后面消失时拍的。我为防万一而追上去，看见他们消失在酒店里。夜色灰暗、背影、摄影距离远，虽然拍摄条件恶劣，但和第一张放在一起，就能从服装看出，进酒店的男女是哲雄前辈和公司的女孩。

山田真野盯着照片，叠好手机，平静地还给我，沉默地离开房间，大概是去跟走廊里的哲雄前辈说话了。不久，走廊传来诘问的声音。

过了一会儿，山田真野回来扇了我一耳光。我道一次歉，她扬一次手，对她来说，我的背叛或许比丈夫的背叛更加不可饶恕。

"帅脸泡汤啦。"

藤村看着缺牙的我，笑起来。毕竟过了一周，痛也消了。顺带一提，山田真野和哲雄前辈正在分居。

我叹了口气，望着巷里行人。所有人都打着伞，有人喊"点柠檬可丽饼的客人"，回头一看，藤村点的可丽饼好了，店员从柜台后面递了过来。我们坐在可丽饼店屋檐下的长凳上。藤村很痴迷这家店的可丽饼。长凳在建筑物下方，就算下雨也不会弄湿衣服。东京入梅了，雨水日日持续。

"他太太原谅你了吗？"

藤村咬住柠檬可丽饼。

"不知道。"

"联系你了吗？"

"这周只发过一次邮件。"

"没见面啊？"

"嗯，很久没见，所以今天要见一面。她正往这边来。"

藤村吓得噎住了。我第一次见吃可丽饼噎住的家伙。

"现在？到这儿？"

"我决定全告诉她。"

藤村吃完柠檬可丽饼时，一双穿猎人雨靴的帅气长腿罔顾水洼，步步靠近，停在长凳上并肩而坐的我们面前。高挑美女收好伞，化了眼妆的细长眼睛俯视着我。我双唇紧闭，一言不发，紧张的几秒钟过去了。

"山田小姐。"

"他是？"

她瞥瞥藤村。

"我朋友。"

"我要发飙了，我们不是要说大事吗？"

她可能想说"说这件事的时候怎么能带朋友来"。

"他马上就去别的地方。别说他了，请看这里。"

我亮出缺牙的门牙，模样傻得过分，山田真野没憋住，"噗"地喷笑，一脸"糟了"的表情移开视线。她朝向侧面，抬手在脸旁筑起墙壁，免得我的脸进入视野。

"别这样，我还在生你气呢。"

她一边说，一边肩膀颤抖地憋笑。

"那个……"藤村战战兢兢地站起来，出声道。

"您好，我是他剧团的后辈，藤村。之前给您添麻烦了，十分抱歉。"

山田真野盯着他，但好像想不起来。

"我们在哪儿见过吗？"

"嗯，四月那会儿，朝日奈拜托我去咖啡店。我一个女性朋友也一起，但我没想到她会丢椅子，下意识就跑了。所以朝日奈才流鼻血……我是当时躲椅子的男人。"

"你还有别的事要坦白吗？"

"没有特别值得一提的了。"

山田真野双手抱胸，疑云满腹地盯着我。我们和藤村告了别，正在商店街一家叫"傀儡草"的咖啡店面对面坐着。这家店位于地下，装修得像个凿穿岩层挖出的洞窟，门也是笨重生锈的铁门，隐约有种监狱的感觉。居然在这里审讯我，山田真野可真机灵。

"和藤村一起来店里的那个女孩是？"

“我当时也是第一次见，大概是剧团新成员吧。”

虽然已经想不起长相，但好像是个美女。

“当时弄坏的杯子是他们赔的……”

“那属于经费，我后来给藤村了。但归根结底，都是哲雄前辈给的钱。”

“也就是说，是我家的开支？”

“是的。”

她好像惊讶得说不出话。

“哲雄前辈的计划，我没告诉藤村他们。他们来帮忙，是为了给我的恋情助威。”

他们在店里吵架，我出手阻拦，这样就有机会跟店员山田真野说话了——原计划如此，而我没想到自己居然会受伤。不过，成功了就万事大吉。

“恋情啊……”

山田真野面露不快地眯起眼，向我投来冰冷的视线。

“在吉祥寺剧场看剧那天，我老公突然说要照顾远野。现在想来……”

“他照顾远野，是为了给我们制造见面时间。”

但这起了反效果，山田真野回了有老公等待的家。

“正常都该留下心理阴影了，我们却这么面对面地坐着。见钱眼开，烂透了。”

"真的非常抱歉。"

"你在反省吗？"

"在真心反省。"

洞窟般的阴暗店内，她一声长叹。

我低着头，想起这几个月的事。

去咖啡店见她的初始时期还好，那是侦察阶段，我甚至不知道她的为人。我产生罪恶感，是跟她一起进行成分献血，有邮件往来之后。

后悔接踵而至。我如果更加邪恶，或许就能安之若素地继续骗她，看着哲雄前辈找她索赔抚恤金，钱到手就跟她断绝关系，但我做不到。一旦想象可能在山田真野心上造成的伤口，我就血色全无。

我一败涂地。

败在接了哲雄前辈的好差事。

败在执行计划，和山田真野有了邮件往来。

败在享受跟她相处。

"谢谢你，朝日奈。"

我低着头，听见山田真野的声音。

"我还是有点想谢谢你的。我问了律师，那边说我可以找丈夫要抚恤金。你用手机拍的照片好像能当外遇证据。真讽刺啊，布局的人反而要给抚恤金，朝日奈，这也多亏了你，所以，谢谢。"

她双手裹住装了咖啡的杯子，垂着眼说。长长的睫毛在她脸颊投落出阴影。

"说什么谢……"

我惊呆了。

"我住你家那天，你不让我走玄关，也是为了保护我吧？"

我点点头。哲雄前辈深夜给山田真野打电话，得到了她要"住吉祥寺的朋友家"的情报，推测那是我家。如果走玄关出门，大概会被藏身某处的哲雄前辈拍照。他应该会说照片是兴信所的人拍的，提出来当出轨证据，索赔抚恤金。

山田真野盯着店面深处的玻璃门，玻璃门后一片光明，看似地下店铺唯一一处通风口，但其实是灯光效果。栽培的植物青翠欲滴，唤起黑暗洞窟深处也能照进光芒的想象。

"一周前，知道你们的奸计之后，我连你的面都不想见。你在玩弄人心啊，就为了钱。不过，如果你没迷途知返，我就会始终一无所知，不知道我老公的真面目，也不知道真实的你。你们发起的事不可原谅，结果却落在正确的地方。这都多亏了你。"洞窟深处，山田真野昂首挺胸，周围生出静谧的气息，她率直地凝视我，继续说，"所以，我原谅你。"

我严肃地领受了她的话。

梅雨前线过境，天气转热，我房里没装空调，只好打开窗户留着纱窗过日子。公寓背后茂盛的草坪一天比一天生机盎然，郁郁葱葱。

　　山田真野和老公分居，私人时间比之前更少。她又得跟律师谈话，又在学习离婚的知识，最重要的是，她有远野。

　　分居后，远野跟妈妈一起生活，没能正确理解突然和爸爸分隔两地的状况。听了她的情况，我很心痛。山田真野偶尔会跟打工的咖啡店请假，陪陪女儿。

　　我和山田真野的关系并未断绝，淡薄但仍在继续——说归说，也就是偶尔在短暂的空闲时间见个面，走路散散心罢了。

　　某个休息日，她带远野来吉祥寺，我们一起去井之头公园，在小卖部买了丸子串吃。我们坐鸭子船玩，我告诉山田真野"这里的池水流向神田川"。神田川流过东京城，还被写成了歌，但很少有人知道水源是井之头公园的池塘。我们站在公园里的水门桥上，三人一起看着神田川的起源。许多东京居民都俯视着这条河的流水耽于思念，我们仨则在它的出发点齐聚一堂，真是不可思议。

　　中午，我们吃了山田真野做的便当。便当放了章鱼香肠和炒鸡蛋，饭团里填了梅干。吃完饭，远野捡来落叶玩耍，我和山田真野坐在长凳上，像对上了年纪的老夫妻一样看风景。

　　"我想过，我和丈夫早晚会离婚。"她说，"所以，我没觉得遭到了背叛，没有不甘心，只是很悲伤。结婚，生女。我们明明有足以实现这些的爱，爱却在不知不觉间消失了。这很悲伤。"

　　怡人微风吹来，她的发丝轻柔飘荡。

　　"我决定回四国老家。"

我点点头。阳光自树叶缝隙洒落，远野围着滑梯奔跑。幸福的概念凝缩于这一刻。

山田真野和远野出发去四国的日子，是七月中旬一个工作日。

上午，蝉鸣和闷热唤醒了我。透过纱窗，我看见万里无云的蓝天。天气这么好，她们坐的飞机应该能安全起飞。我得打工，没法去羽田机场送行。

我换好衣服，准备外出，突然有人敲门。打开一看，山田真野站在那儿，她身后停了辆出租车，后座上露出远野的脸。

她说，去机场途中绕来了我在吉祥寺的公寓。

"打车去羽田机场也太奢侈了吧！"我发表感想。"反正最后一次，有什么关系。"她说。

我们站在老公寓前说话。我靠近出租车，隔着窗户跟远野挥挥手，玩了玩。太阳照得柏油路闪闪发光，我们眯细眼睛。地气升腾，电线杆和院墙飘曳摇晃。

"好几年前，我看话剧时见过你。"

"是在那座小剧场啊。"

"那是巧合吗？"

"不。我在哲雄前辈家住过一周，当时在屋里放了舞台剧传单。你大概看了那些传单，所以才来看了剧。"

"什么，这样啊。我还稍微想了想，以为发生了奇迹般的巧合呢。我说朝日奈，你继续演戏吧，我对你的演出印象很深。"

我点点头。

"我正在想，回归剧团也挺好的。"

"回去吧，那样才是你。我老公虽然是个恶棍，但他收留你，帮你忙，干得好。"

说完，山田真野一脸恍然，想了大约十秒，小心翼翼地开口："五年前，我们难道在楼梯上遇见过？"

我没能忍住笑意。她终于想起来了，哲雄前辈公寓楼梯上，我们曾有唯一一次擦肩而过的经历。

当时，我尴尬地低着头，她应该没看见我的脸。但我记得很清楚，记得她稍纵即逝的侧脸。我走过她身边，然后回头看她。时值秋日，公寓楼梯挂着落叶，她踏着长靴将枯叶踩得粉碎，英姿飒爽。不是远野的妈妈，不是哲雄前辈的妻子，而是作为一名女性而活的山田真野。

"什么，这样啊。你就是那时……"

"我们好像兜了很大一圈。"

"是啊。"

她微微一笑，然而略显寂寞。我偷瞥出租车驾驶座，司机正在摆弄导航打发时间，他大概在确认去羽田机场的路线吧。航班时间近了，我不能总拖着她。她们即将前往四国，在老家生活，远野会去附近的托儿所。

"去那边之后，电话和邮件也能通吧？"

"嗯，我会联系你的。"

"你会回东京吗？"

"不知道。为了收拾各种东西，倒是会到东京来。"

"不会再住这儿了？"

"频繁搬家，环境会变，对远野不好。"

山田真野俯低视线。

"我希望这次分离只是暂时的。真的，朝日奈，我还想跟你一起在吉祥寺散步，但我不能保证，说不定，我会在那边过一辈子。"

"我在东京还有事要做，不会去你那边哦。"

"我知道，这样就好。"

"不过，如果你在那边开始生活，但仍然挂念我……"

"到那时，就再次……"

然后，我们抱紧彼此，双臂用力，抱住对方的身体。比起恋人之间温柔的拥抱，这更像害怕被暴风刮走，因而攀住对方的身体。用力，再用力，狠狠相拥。我们忍住泪水，屏声敛息，按捺悲伤。松开身体如此可怕，如此恐怖，眼下时光一旦流逝，怀中之人就将远去。我哥婚礼上，神父曾说：如今常存的有信，有望，有爱；这三样，其中最大的是爱。然而，我们的心灵无比脆弱，没有所谓的永远，没有所谓的绝对。明明有爱，爱却在不知不觉间消失了。她说："世事无常，我已有觉悟。"此间存在的一定是变化，围绕着变化，有喜悦和悲伤。我们如此不安，无所适从。此刻这份感情，不久是否也会淡去？分隔两地，记忆中的轮廓、声音，是否都会模糊？可是，如果没有呢，如果我在东京生活，心中却始终有她，如果她在四国养育孩子，却不管多少年都做不到心平气和，到那时，我或许就能相信《圣经》中"常存"的存在。紧贴的身体分开了，山田真野羞赧地乘上出租。远野拍拍窗玻璃，朝我挥挥手。吉祥寺上空，初夏的天空漫漫延展，万里无云。天气这么好，她们的飞机应该能安全起飞。我起床后想了无数次这件事，现在又想了一遍。我站在道路中央，目送出租车远去。

北京市版权局著作合同登记号：图字 01-2022-1287

图书在版编目（CIP）数据

吉祥寺的朝日奈／（日）中田永一著；杜星宇译.
-- 北京：台海出版社，2022.4
ISBN 978-7-5168-3254-7

Ⅰ.①吉… Ⅱ.①中…②杜… Ⅲ.①中篇小说－小
说集－日本－现代②短篇小说－小说集－日本－现代
Ⅳ.① I313.45

中国版本图书馆 CIP 数据核字 (2022) 第 048467 号

吉祥寺的朝日奈

著　者：[日] 中田永一		译　者：杜星宇	

出 版 人：蔡　旭	封面绘制：李宗男
责任编辑：员晓博	封面设计：李宗男

出版发行：台海出版社

地　　址：北京市东城区景山东街 20 号	邮政编码：100009
电　　话：010-64041652（发行、邮购）	
传　　真：010-84045799（总编室）	
网　　址：www.taimeng.org.cn/thcbs/default.htm	
E－mail：thcbs@126.com	

经　　销：全国各地新华书店
印　　刷：北京盛通印刷股份有限公司
本书如有破损、缺页、装订错误，请与本社联系调换

开　本：880 毫米 × 1230 毫米	1/32
字　数：150 千字	印　张：7.25
版　次：2022 年 4 月第 1 版	印　次：2022 年 6 月第 1 次印刷
书　号：ISBN 978-7-5168-3254-7	

定　价：48.00 元